Verlag Bibliothek der Provinz

Grimoald Karrer
Am Anfang stand die Frage
Betrachtungen
herausgegeben von Richard Pils
ISBN 978-3-99028-771-2

A-3970 WEITRA 02856/3794
www.bibliothekderprovinz.at

Umschlagbild: Rudolf Leitner-Gründberg »Gespräch mit der Königin«
Foto: Josef Heibl

Grimoald Karrer

AM ANFANG STAND DIE FRAGE

Betrachtungen

Der Schreibtisch, die Glasscheibe, der Blick hinaus, ein Menschenleben, eine Collage. Skizzen? Denkanstöße? Er fädelt Episoden zu einer Kette, hängt Ereignisse in chaotischen Zeit- und Gedankensprüngen aneinander, fesselt und knebelt die Phantasie, zwingt den Geist zurück in die Flasche. Gehorche!, befiehlt er. Er selber war schon als Kind nicht sehr folgsam.

Gibt es Fragen, die noch nie gestellt wurden? Fragen, die wie Geister im Raum schweben und eigentlich keine Antwort erwarten? Fragen, die aus dem Meer hochsteigen, am Himmel erscheinen oder fett gedruckt in den Boulevardzeitungen ihre Unwichtigkeit bezeugen. Alte, neu formuliert, dreimal gewendet und frisch gebügelt.

Meistens sind es doch nur diese kleinen, unbedeutenden Gedanken, die wie Kletten hängen bleiben und zu dummen Fragen werden. Windige Duckmäuser, die sich wie Erwachsene aufspielen und sich vor den Überfällen der großen Ideen fürchten.

Anna stellt nie solche Fragen!

Fragen ergeben sich beim Lesen oder durch Zuhören. Manchmal fallen sie einfach vom Himmel, liegen wie Schneeflocken am Boden und Friedrich bückt sich und hebt sie auf. Es ist drei Uhr. Er hasst Nächte, die ihm den Schlaf rauben. Er wachte auf und das Warum, Wieso, Weshalb, und wie sie alle heißen, standen erwartungsvoll neben seinem Bett. Warum hat er sich da aufgedrängt, dort gedrückt? Ist er deshalb nicht dorthin gelangt, wo er hinwollte, und was hatte er denn für Ziele? Er stellt dauernd irgendwelche Fragen, aber warum fragt er sich das gerade jetzt? Weil sich jeder zumindest einmal im Leben diese Fragen stellt? Weshalb soll er sich in seinem Alter den Kopf darüber zerbrechen, sein Hirn martern? Jetzt, wo alles geklärt scheint, wo man die Aufarbeitung einer Vergangenheit, die nicht seine ist, abgeschlossen hat und ihm schön langsam die Energie ausgeht. Das Leben spielt halt seine eigenen Sonaten und nur selten wirft es eine phantastische, nach den Rezepten großer Meister durchkomponierte Symphonie auf den Markt. Das ist das Gesetz des Lebens und nicht das der Wirtschaft.

Es ist schon merkwürdig, was das Leben mit einem treibt, wenn man sich nicht in die Vorsehung einmischt, und verrückt ist es allemal. So ein Monat ist schier gar nichts, und ein Jahr? Er sitzt im Zug nach Wien und da fliegt das Jahr vorbei und er verpasst es.

Zum Geburtstag alles Gute. Danke. Er schaut kurz auf die Uhr und wie er sagt, es wird Zeit, ich muss gehen, klingt das wie eine Entschuldigung. Wenn das so ist, warum ist er nicht gleich gegangen. Er ist verlegen, druckst herum, zögert, sich zu verabschieden, reißt sich zusammen, den Hut, nicht vergessen.

Halbwahrheiten sind in sich etwas Ganzes, sofern sie die ganze Wahrheit, beziehungsweise die ganze Lüge enthalten. Falls sich die dazugehörenden Pendants finden, wird sich herausstellen, ob diese zweiten Hälften ebenfalls Halbwahrheiten sind und erst beide zusammen sich zu jener Wahrheit ergänzen, die man für die reine hält.

Daraus erschloss sich für ihn die Frage, ob er bereits halb verrückt sei, oder ob sich in seiner Wohnung eine endogene Psychose versteckte.

Hören Sie nicht auf diesen Spinner, der mit seinem Taschenfeitl Hundefiguren schnitzt, die nichts dafürkönnen, dass sie wie verhungerte Krippenfiguren aussehen.

Wenn sich Hörfehler wie Einschleichdiebe über die Wahrheit hermachen, was soll Friedrich mit einem Postsack voller Lügen und Missverständnissen anfangen.

Von Wahrheit keine Spur, das Blaue vom Himmel gelogen wie den Namen am Türschild. Anna Frühwirth. Er läutet, läutet ein zweites Mal, wartet, bis eine verschlafene

Stimme fragt, was es gibt. Sie hat ihn erwartet, hatte ihm einen Brief geschrieben, zwischen den Zeilen, allerdings nur angedeutet, sah er die Liebe. Sie öffnet die Tür, im Negligee, mit Morgenmantel. Da bist du ja, sagt Anna und küsst sein Ohr.

Ja, verrückt ist es, dieses Leben. Ein rosaroter Elefant, ein Hund mit drei Beinen, eine Maus im grün-gelb gestreiften Trikot. So unglaublich das scheint, sie waren Geschwister, und im Abstand von je drei Jahren geboren. Man erzählt von ihnen und über sie Geschichten, die im Laufe der Zeit immer umfangreicher und skurriler wurden. Die meisten entfernten sich vom Ursprung so schnell wie der Bach von der Quelle, wurden tiefer und breiter, bis sie aus dem Blickfeld verschwanden und das Interesse an ihnen versickerte.

Mit solchen Geschichten hielt er sie am Haken.

Er ist dran gewöhnt, wie ein Zirkuspferd zu denken. Im Kreis herum, in der Manege, in den ausgeleierten Bahnen des Daseins, von Alpha bis Omega, von Stadt zu Stadt. Artisten, Menschen, Lebenskünstler, von Enttäuschung zum Erfolg. Dann verbeugt sich der Clown bis zur Erde.

Eine geschmackvoll eingerichtete, aber abgewohnte Wohnung, die seit Jahren keine Veränderung zulässt, wo alles am gewohnten Fleck zu liegen hat, die Zeitung, die Brille, der Hausschlüssel, der man von weitem ansieht, dass hier ein aufeinander eingespieltes Paar sein Leben verbringt. Sie brauchen keine unnötigen Aufregungen. Die Tagesschau im Fernsehen genügt, und manchmal wird am Vormittag der Film aus dem Nachtprogramm wiederholt. Hast du die Tabletten genommen? Das Telefon hat geläutet, warum hebst du nicht ab! Sie weiß, dass er es nicht hört, aber statt selber den Anruf entgegenzunehmen, sagt sie, es klingelt. Diese Sticheleien sind, wie alles andere in dieser Wohnung, ihrem vertrauten Heim, zur Gewohnheit geworden. Es fällt ihnen nicht mehr auf.

Friedrich sitzt vor dem Fenster, hält das Buch in der Hand, in dem er grade gelesen hat. Er legt diese ihn faszinierende Lektüre, das Landgericht, auf das Tischchen neben sich und schaut zum Fenster hinaus. Was ist aus ihm geworden? Ihn hatten nur die Ausläufer dieser Zeit gestreift, er hatte es leichter als dieser Dr. Richard Kornitzer, er hat nie wegmüssen, wurde nie gezwungen, zu emigrieren. Ein neues Leben in einem fremden Land aufzubauen, stellt er sich kompliziert vor. Besonders wenn man flüchten muss und deshalb keine Zeit für einen geordneten „Rückzug“ ins Exil findet, wenn es nicht freiwillig, überlegt, gründlich vorbereitet geschehen kann. Ihn hätte wahrscheinlich die Angst gepackt und er hätte es gelassen. Im Urlaub verführte ihn allzu leicht die Illusion und dann dachte er, hier möchte ich bleiben, hier lässt es sich aushalten, hier könnte ich meinen Lebensabend verbringen. Als er jung gewesen war, endete die Welt an den Gemeindegrenzen und fand die Phantasie keinen Ausweg, ging man leer aus. Die Jugend wächst heute ganz anders auf, das kann man nicht vergleichen. Sie ist neugieriger, mobiler, traut sich mehr zu. Oder stimmt das etwa nicht? Pläne, Träume, ja, konkrete Vorstellungen hatte seine Generation genauso, nur scheiterte die Realisierung fast immer am fehlenden Geld und Verständnis der Erziehungsberechtigten. Friedrich steckt, wie fast alle seines Alters, in einem Zeitloch, aus dem sich gerade ein neues Verständnis entwickelte und ihn mitriss. Viel mehr Familien als früher verfügen über ausreichende Mittel, um den Kindern ein Studium zu ermöglichen. Die Zahl der Eltern, die bereit sind, ihren Sprösslingen ein Auslandsstudium, einen längeren Aufenthalt in China, in Amerika zu finanzieren, ist gewachsen.

Er hat Zeit, darüber nachzudenken. Er hat den Faden, das Lesezeichen, zwischen die Seiten gelegt und das Buch zugeklappt. Er beobachtet das Treiben unten auf der Straße, Straßenbahnen, Autos, Menschen. Menschen mit Einkaufstaschen, Regenschirmen, mit Hunden an der Leine. Draußen pfeift der Wind. Er spürt den kalten Luftzug, der durch die undichten Fensterflügel dringt, er erkennt es an den wehenden Mänteln, sieht, wie sie krampfhaft den Schirmgriff umklammern. Er spürt förmlich, wie sie frösteln. Er zieht am Faden, schlägt das Buch wieder auf und liest weiter. Ursula Krechel führt eine feine Klinge, sie hat lückenlos recherchiert, ihre Sprache ist lebendig, wohltuend klar und verführt. Aber vom Denkansatz, er weiß im Moment nicht, wie er es ausdrücken soll, es liegt wohl an der Mentalität, wagt er zu sagen, sie hat halt eine deutsche Zunge. Er meint das anerkennend. Ein Christoph Ransmayr ist ihm geläufiger, sein österreichisches Idiom, der Duktus versetzt ihn in einen Glückstaumel. Der fliegende Berg gleitet wie eine Utopie über den Horizont, streift wie eine Verlockung den Rand der Welt.

Seine Gedanken sind kurz abgeschweift, er darf ihnen nicht so viel Freiheit lassen, beinahe hätte er sie verloren. Ist er deshalb nicht das geworden, was er heute gern sein möchte, weil es einfach nicht möglich war? Wie hätte er sich denn in seiner kleinen, engen Welt anders entscheiden, anders entwickeln können. Als Vierzehnjähriger beschlich ihn manchmal die Angst, dass das Leben so bleiben könnte, wie es war und gleichzeitig fürchtete er sich vor Veränderungen. Er wusste, dass sein Vater Techniker war, sah, was er auf diesem Gebiet leistete und konnte sich gut vorstellen, dass dieser Beruf auch für ihn passen würde. Also versuchte er es zuerst einmal damit. Amerika, der Ferne Osten, die große weite Welt ließen sich mit dem Finger auf der Landkarte nach allen Richtungen billig und schnell bereisen. In manchen Städten verweilte er länger, besuchte mit dem Reiseführer in der Hand alle Sehenswürdigkeiten, übernachtete im teuersten Hotel und verschwand jedes Mal, ohne zu zahlen. Niemals würde ihn die Wirklichkeit dazu einladen. Es war unvorstellbar, leibhaftig vor dem Prado zu stehen oder in einem Flugzeug hinter Wolken zu verschwinden. Sein Herz tanzte nach lateinamerikanischen Rhythmen, pochte in seinem Hals, verließ in der Nacht das Bett und starrte, wie er es grade tut, aus dem Fenster.

Sprachen zu erlernen, etwas, das er heute für unabdingbar hält, weil es die Verständigung mit Fremden, eine engere Beziehung mit dem Exotischen überhaupt erst ermöglicht, zumindest aber erleichtert, war damals purer Luxus. Solche Träume auszuleben, war unvorstellbar. Warum und wozu also Kenntnisse erwerben, die er nie in seinem Leben brauchen würde? Zwei, drei Mal überlegte er, ob er nicht einen Fremdsprachenkurs besuchen sollte. Besser spät als nie, dachte er. Er dachte es leise, nur für sich.

Er hatte noch hundert Seiten zu lesen.

Im Briefkasten fand sich ein Fragebogen, der bis zum Wochenende ausgefüllt zu retournieren war. Vor- und Zuname, Geburtsdatum, Religionsbekenntnis. Ein spöttisches Grinsen umspielte seine Mundwinkel, als ihm auffiel, dass nie danach gefragt wurde, wie oft er pinkeln musste und ob er, zum Beispiel, die Haustür aus Gewohnheit zuschlägt oder sanft ins Schloss gleiten lässt.

Anna hat einen Ohrring verloren. Das Beisl um die Ecke öffnet erst am Montag.

Es regnete schon den zweiten Tag, was für eine Woche. Morgen wird er ins Kino gehen. Sein Horoskop versprach „Glück in der Liebe“.

Er las sich durch das Fernsehprogramm, dann schaltete er das Radio ein und brühte sich einen Tee. Er war keine Handpuppe, die sich vom Schicksal nach Belieben manipulieren ließ. Der Zufall enthält keine Wahrheit, spielte keine tragende Rolle, aber wenn er das große Glück versprach, dann hieß es zugreifen. Niemand, außer ihm selber, zweifelte an seiner Entschlusskraft. Er würde die richtige Entscheidung treffen, und hatte sich herausgestellt, dass die Abzweigung nach rechts der kürzere Weg gewesen wäre, wies er sofort auf die landschaftlichen Reize hin, die ihnen, ohne seine kleine Finte, entgangen wären. Für Überraschungen solcher Art sorgte er gerne. An seiner Garderobe hingen Ausreden in jeder Farbe, er brauchte nur zu wählen. Diesmal war es eben die schöne Aussicht, der Fototermin eines Galgenvogels.

Diese Menschen da unten gehen ihn nichts an, er kennt sie nicht und deshalb sind sie ihm egal. Er verfolgt das Geschehen auf der Straße und gleichzeitig beschäftigen ihn die Schicksale dieser Romanfiguren, die so absolut der Realität entsprechen. Wehmut beschleicht ihn. Er kann nicht verhindern, dass ihm Tränen in die Augen steigen, die er mit der Hand wegwischt. Scheiße.

Anna ruft aus der Küche, was will sie denn? Seine Konzentration ist beim Teufel, teilt sich wie das Delta einer Flussmündung und schwemmt seine Gedanken ins Meer. Er muss die beschriebenen Personen, wie bei einem unterbrochenen Schachspiel, auf dem in Quadrate unterteilten Brett in seinem Kopf, auf dieser Bühne, stehen lassen. Er muss kurz einmal weg, austreten. Langsam stemmt er sich mit den Armen aus dem Sessel, es wird mühsam, dieses Leben. Seine Gelenke sind nicht mehr die jüngsten, es kommt vor, dass ihn nach dem Aufstehen ein kurzer Schwindel erfasst.

Man ist nicht, man wird. Man wird geboren, gedrängt, geschoben, man wird erniedrigt und gelobt, man wird älter und älter, bis man alt ist, und dann ist man wer, glaubt das jedenfalls. Aber wer ist man dann? Manchmal weiß er es selber nicht.

Er schämt sich für etwas, wofür er nichts kann, und ist gleichzeitig erleichtert, dass es das Leben, so gesehen, gut mit ihm gemeint hat. Ja, der Roman führte unweigerlich zur Frage nach Recht und Gerechtigkeit. Die gültige Rechtslage hatte man sich gerichtet. Schuld trugen, damals wie heute, immer die anderen. Politik? Macht? Könnte so was wieder passieren, heute, morgen? Je länger er darüber nachdenkt, desto klarer wird ihm, dass er das nicht ausschließen kann. Wenn es der Politik ins Schema passt, er führt sich diese Geistesgrößen von Politikern, die grade am Ruder waren, vor Augen. Nichts ist unmöglich, nicht einmal ein Werbespruch, der solches verspricht.

So schnell wie Gedanken fliegen, konnte seine Laune umschlagen. Wenn ihm etwas auf den Magen geschlagen hatte, zog er sich in sein Zimmer zurück, vertiefte sich so lange in seine Aufzeichnungen, bis die dunklen Wolken verschwanden und sein Groll verpuffte. Als der Magier auf ihn deutete, kletterte er, als wäre es das Selbstverständlichste der Welt, die Stufen zur Bühne hinauf und stieg beherzt in die Enge des Zauberkastens. Die Assistentin schloss die Tür und überreichte ihrem Meister die Schlüssel. Sieben, eine magische Zahl. Sieben Schlösser, siebenmal wird er sein Werkzeug ansetzen und den Kasten zersägen. Gebannt verfolgte das Publikum die Vorgänge auf der Bühne. Laute, die zuerst wie das Miauen von Katzen klangen, entwickelten sich zu Schreckensrufen. Blut quoll aus dem Kasten, der sich in Sekundenschnelle vor ihren Augen in einen Sarg zu verwandeln schien. War die Vorführung missglückt, war er tot? Die Scheinwerfer bündelten ihr dünnes Licht exakt auf die Bühnenmitte. Die Spannung stieg ins Unermessliche. In der rundum herrschenden Dunkelheit war der Meister in seinem schwarzen Anzug kaum auszumachen. Langsam schob sich ein matt glänzender Stab ins Licht, klopfte an die Tür, die daraufhin wie von Zauberhand aufschwang und ein leeres Gehäuse zeigte. Sie waren einem Trick aufgesessen. Aber das Blut? Dem Schrecken folgte die Erleichterung und löste einen Beifallssturm aus. Die Menge johlte.

Friedrich hatte die Hoffnung schon aufgegeben und wollte grade zahlen, als sie eintrat. Schmierenkomödiant, zischte sie verächtlich. Er lächelte. Er kannte ihre Schwachstellen. Ober: Champagner! Sehr wohl, gnädige Frau. Hast du, bevor du aus dieser Hutschachtel durch die Bodenklappe entschwandest, ein Glas Rotwein verschüttet, oder war es Schweineblut, das würde besser zu dir passen. Wir waren zu zweit da drinnen, neckte er sie, es war sehr eng. Sie kippte ihr Glas in einem Zug hinunter. Der Schampus verhalf ihr zum ewigen Leben. Nicht schütteln, lasst sie dran saugen, dann findet sie schon zurück. Wer war sie, diese Reisebegleiterin? Siehst du hier außer uns noch jemanden? Da drinnen war es stockfinster und das Kreischen der Säge unterband jede Verständigung. Du lügst. Ich sage die Wahrheit. Probieren wir's aus. Du lässt dich einsperren und ich mache mich mit der Säge ans Werk. Noch ein Glas, schnell. Er schenkte es randvoll. Du warst mutig, was hat man dir dafür geboten? Diesen Abend mit dir, nur wir zwei. Lassen Sie die Flasche gleich da. Danke. War das eine Liebeserklärung? Er grinste. Und jetzt verrätst du mir diesen Trick. Ich warte!

Wie einfach und unkompliziert verläuft ein Leben, das nichts wissen will und deshalb auch nichts weiß, keine Ahnung von Wissenschaft, von Kunst und Kultur hat, nichts von dem, was auf dieser Welt vorgeht, mitkriegt, nichts mitkriegen will. Alles wird weit weggeschoben. Ein eventuell vorhandener Wissensdurst wird mit der Ausrede, dafür habe man keine Zeit, man müsse die Brötchen verdienen, auf später vertröstet. Das ist ein sattes, ein ruhiges Leben. Würde dich ein solches befriedigen? Wer sich nie für die Vergangenheit seines Landes interessiert hat, an dem gehen die Geschicke der Menschen unkommentiert vorbei, der darf sich über nichts wundern. Der trägt eine leichte Bürde, kann Zusammenhänge nicht ohneweiters erkennen, ist leicht beeinflussbar, kurz gesagt, der ist ein Fressen für die Politik, ein dankbarer Wähler, der noch nicht kapiert hat, dass jedes Volk die Regierung bekommt, die es verdient. Die Besten? Lasst diese Mächtigen einmal den Ernstfall üben, lasst sie voranschreiten, sie haben euch schon immer angeführt. So lange sie die Spitze bilden, besteht keine Gefahr. Wo die Wege vermint, Scharfschützen postiert sind und der Hinterhalt lauert, werden sie auf ihr Mandat verzichten und zurücktreten. Die Suppe darf immer das Volk auslöffeln.

Die Frage, warum Menschen mit einem durch Lernen geschärften Verstand, einem daraus schöpfenden Gespür geradezu einen Instinkt für schöne Dinge entwickeln und die Mechanismen von Netzwerken durchschauen können, hüpft in seinem Kopf wie ein Hampelmann auf und ab. Menschen, die sich für vieles interessieren, nachschlagen, wie viel der Schwarze Kontinent für Waffen ausgegeben hat oder warum Korruption nicht zu stoppen ist, warum immer sie benachteiligt werden. War das schon immer so? Warum muss er ständig um seine Rechte kämpfen, man lacht ihn aus, wollen sie ihn nicht verstehn oder können sie nicht?

Ist es entscheidend, wo man lebt, wie und mit wem? Was hilft ihm, das Leben zu meistern? Was prägte seine Kindheit, woran kann er sich erinnern?

Er erinnert sich deutlich, wie quasi über Nacht überall Autos mit osteuropäischen Kennzeichen unterwegs waren.

Man begegnete diesen alten Schnauferln, notdürftig instand gesetzten Rostlauben, auf den Autobahnen in Österreich, in der Bundesrepublik, in Italien, in ganz Europa. Der Eiserne Vorhang hatte sich, bevor er verrottete, gehoben, gab die Sicht auf den Westen frei. Und nach welch unglaublich kurzer Zeit er diese Nummernschilder an neueren Fahrzeugen, an Luxus-Karossen, wiederfand. Witze wie, fahr hin, dein Auto ist schon dort, hatten die Aktualität verloren. Er erinnert sich an das Gewirr der fremden Sprachen am Graben und am Kohlmarkt in Wien. Sie drückten sich die Nasen an den Scheiben der Auslagen platt und verstanden nicht, warum sie sich das nicht leisten konnten. Über Nacht? Alles braucht eben seine Zeit, sogar Wunder brauchen etwas länger. Er denkt mit Grausen an den bei Tag überfüllten Markusplatz. Aus dem Stimmengewirr filterte sein Ohr, neben dem schon immer vorhandenen Englisch, Französisch und Deutsch, tschechische und ungarische Sprachfetzen heraus. Am Abend leerte sich die Stadt, vorübergehend war es kein Problem, in einem der wenigen guten Restaurants einen Tisch zu ergattern.

Im Überschwang der Gefühle hat schon mancher mehr gesagt, als der Sache nützlich war. Und wem ist noch nie etwas herausgerutscht, das dann wie eine ekelhaft anzuschauende Kröte am Boden lauerte und nicht wie eine Blaumeise wegflog. Geheimnisse wiegen nun einmal schwer und man verplappert sich leichter, als man glaubt. Friedrich ist ein Geheimnisträger. Fragt ihn. Er wird den Finger auf die Lippen legen, psst! Er verrät nichts. Nur dem Meer, mit den Füßen steht er im feuchten Sand, streut er sein Wissen in die Fluten.

Dieses Treffen mit dem Meer war zu einem Ritual geworden. Er spürte, wann es Zeit dafür wurde, und diesmal war es eben der Mai. Ohne, dass sie sich verabredet hatten, erwartete es ihn am Ufer. Er nützte es wie andere die Couch des Psychiaters, das Gespräch mit einem Freund suchen oder sich, bei wem auch immer, das Herz ausschütten. Es war ein einseitiger Disput, bei dem es um Politik, Krankheit, Liebe und Tod ging und nicht um Peanuts. Das Meer hörte geduldig zu, zog sich, wenn die Gezeiten es verlangten, zurück, aber es lief nicht weg. Er tobte sich aus, schrie und schimpfte über die Welt, ließ sein wertvolles Herzblut in den schäumenden Wellenschlag tropfen. Es erfrischte ihn wie ein Bad im Jungbrunnen und sorgte ganz nebenbei für einen herzhaften Appetit aufs Abendessen. Dem Hund, mit gefalteten Ohren und eingeklemmter Rute war er neben ihm gestanden, fehlte für das Geplärr seines Herrn, das schmerzlich in sein Gehör gedrungen war, jedes Verständnis. Das darf man einem Tier nicht antun.

Mit sanften Pfoten wärmte die Abendsonne seinen Rücken. Er schenkte dem Meer noch ein Tränlein, eine Mikrobe in der Weite der Ewigkeit. Es ist sein intimster Vertrauter, ihm erzählt er, was er nicht einmal Anna anvertraut. Er schüttelt den Kopf über sich, sein fremdes Ich am Rande der Adria. Jedes Mal zog es ihn in fiebriger Erwartung einer Antwort hin und jedes Mal kehrte er mit leeren Händen zurück. Ein Zeremoniell. Nichts von Bedeutung.

Und Anna? Anna war bei der Maniküre, ließ sich die Nägel richten.

Er braucht dieses Alleinsein und er lechzt geradezu nach Beachtung. Shakespeare ist sein Vorbild, sein Idol. Sommernachtstraum eines Hellenen, schrieb er auf den Pappendeckeluntersatz, auf den die Kellnerin sein Weinglas gestellt hatte, verlegte den Hellenen ins Helenental und sang am Heimweg das Lied vom „kleinen Wegerl", bis er in seiner Pension angekommen in voller Montur aufs Bett fiel und sofort einschlief.

Ein starkes Stück, das er da geliefert hatte. Keinen gewöhnlichen Vierzeiler, das war ein im Siebenzehntelmaß abgefülltes Naturwunder. Mit solchen Eskapaden konnte man in San Ignacio Weltberühmtheit erlangen. Seine Spur war eine breite und Anna, bedacht, keine schlechte Nachrede ins Haus zu lassen, bezahlte am nächsten Tag seine Zeche. Ein nicht unbedeutendes Sümmchen, das er versoffen hatte. Kein Wunder, dass er verschlafen hatte und etwas zerknittert und übernächtig im Café auftauchte.

Vor der offenen Glastüre mit Ketten verbundene Boller, dahinter schaukelten bunt gestrichene Boote. Ein turmartiges Gebilde aus verrostetem Eisen ragte mitten im Hafenbecken aus dem Wasser. Er sah es jeden Tag. Seine Augen liefen, wie von einem Magnet angezogen, dieses Ungetüm an. Er konnte sich nicht vorstellen, wofür es gut sein sollte. Es war hässlich und für die ein- und auslaufenden Fischerboote ein Hindernis, das sie umsteuern mussten. Franco, bei dem er, seit er hier war, täglich frühstückte, spuckte verächtlich auf den Boden und meinte: Woher soll ich das wissen?

Während weit draußen über dem Meer bereits schwarzblaue Wolken aufzogen und Blitze zuckten, saß er, von einer Glasfront vor dem aufkommenden Wind geschützt, in der Bar und nippte an seinem Aperitif. San Ignacio hatte ihn mit einem verlogenen Lächeln empfangen. Noch vor Mitternacht offenbarte das Meer sein wahres Gesicht.

Vom Sturm gepeitscht versuchte es, den Elementen zu entkommen, preschte donnernd gegen Fels und Beton, berannte die Uferbefestigung, als gelte es, eine Bresche in das Bollwerk zu schlagen. Schaumkronen über Schaumkronen türmten sich auf, jederzeit bereit, die Kaimauer zu überspringen. In San Ignacio war man daran gewöhnt. Seit ewigen Zeiten fraß das Meer gierig ihr Land, spülte Mensch und Tier hinaus in eine undurchdringbare Finsternis, als Opfer für Götter, die sich erst langsam beruhigten und am Morgen, wie Unschuldslämmer, neugierig den von ihnen angerichteten Schaden bestaunten. Sie mussten von Zeit zu Zeit ihre Macht demonstrieren, damit die Bewohner nicht vergaßen, wer hier das Sagen hatte.

In den Aufzeichnungen des Ufficio comunale von San Ignacio fand sich kein Hinweis auf eine Katastrophe von ähnlichem Ausmaß. Man sprach von einem Jahrhundert-Unwetter und in jedem bewohnten Haus brannte abends eine Kerze.

Im nahen Bergdorf San Pietro, mit seiner wunderschönen Basilika, in der ein angeblich von Tizian stammendes Bild aufbewahrt wurde, hatte der Sturm rücksichtslos die Wörter von den Bäumen gerissen und nun lagen sie mit Platzwunden übersät auf der Fahrbahn oder versteckten sich am Straßenrand. Das A schälte sich vom Apfel, aus Kurt wurde mit zwei herausgequetschten Strichen ein Kürt, i-Punkte gingen im Gras verloren, Satzzeichen hatten sich abgesetzt. Um sechs Uhr erreichten die ersten Fahrzeuge die Unfallstelle und verletzten oder vernichteten, was sich nicht rechtzeitig retten konnte. Ein vorlautes L zog gerade noch den Hals ein und das S wand sich in Panik wie ein Regenwurm. Fallobst! Das Wort versteckte sich hinter dem gelben Löwenzahn. Butter war, wie nicht anders zu erwarten, auf die Butterseite gefallen und fettete in der Morgensonne den Asphalt. Die Angst war ängstlich, die Wut wütend und die Liebe nicht mehr zu entziffern. Man hätte die Straße absperren, den Verkehr umleiten müssen. Das Hinterrad einer Vespa entehrte eine Endung, das O rollte entschlafend zur Seite, eine halbe Silbe wirbelte im Sog eines Lastwagens einige Meter in Fahrtrichtung und taumelte schließlich wie ein Betrunkener gegen einen Kilometerstein. Bis vier Uhr war die Welt noch in Ordnung, aber dann lachte ihr dieses frostige Sturmtief schadenfroh ins Gesicht und riss sie, ohne mit der Wimper zu zucken, ins Verderben. Die spärlichen

Reste endeten in einer Kehrmaschine. Es ist kaum zu glauben, wie einem eine solche Katastrophe den Tag vermiesen kann.

Wenn das Unglück, wie eben erst als Regenschauer gelandet, glitschig und rutschig die Straßen unsicher macht, wenn es als Sturm, als Orkan Bäume wie Zündhölzer knickt, den Tsunami am Landraub beteiligt und dadurch die Auflagen der Zeitungen in die Höhe schnellen lässt, dann lehnt sich der Chefredakteur genüsslich zurück: Solche Katastrophen sind seine Rettung.

Bösartig, wie sonst nur Menschen sein können, ist das Meer.

Der Utopist trägt das „ist" im Namen. Aber nichts ist wie es ist und der Schein aus „scheinbar" betrügt das Ideal. Die Vorstellung, dass der Wunsch aufregender ist als die Realität, wirkt ernüchternd. Da haben es Träume besser, denn sie bleiben als Vision am Horizont unerreichbar.

Nichts ist so neu wie das Alte, das Altbewährte. Wenn die eingefahrenen Gleise der Gewohnheiten ausgebessert oder erneuert werden müssen, wird um die Zuständigkeit gezogen, gezerrt, gestritten, bis sich keiner mehr auskennt. Die Politik unternimmt, wie immer, nichts, und die Kirche setzt auf das seit Jahrhunderten praktizierte Prinzip des Hinauszögerns. Und die Menschen? Ach, diese geduldigen Lämmer! Und die Menschenrechte? Sie meinen doch nicht etwa die Rechte des einfachen Menschen? Hat er denn welche? Welche Ansprüche stellt er denn?

Nichts ist so alt wie das Neue, das bezeugen uns, als schlechtes Beispiel, Kriege. Da legt der Tod die Sense beiseite und fährt mit der Erntemaschine über den Acker. Krieg ist nicht auszurotten. Im Fernsehen lässt er sich abschalten. Das Recht auf Frieden, auf Freiheit? Lassen Sie mich in Ruhe. Was für einen Frieden, welche Freiheit meinen Sie? Friede? Wo soll der sein, wer will ihn denn?

Das gab es bereits alles. Und wenn Ihnen das neu vorkommt, haben Sie es bloß vergessen.

Ja, das Leben ist kurz, zu kurz, um sich andauernd mit ihm herumzuschlagen. Es ist – wie formulierte es Friedrich unlängst – es ist zwar wie selbstverständlich da, aber versteht sich selber nicht immer. Das war so auf den Bäumen, in den Höhlen und ist in den Häusern nicht anders.

Nichts ist so alt, dass es sich nicht ummodeln ließe. Der Soziologe Niklas Luhmann prägte den Begriff der Kontingenz und bezeichnete damit das Gegebene in Hinblick auf ein mögliches Anderssein. Selbst unsere Wahrnehmung ändert sich. Folglich ist absolutes Wissen nicht möglich und auf das Gedächtnis kein Verlass. Die Wissenschaft beschäftigt sich mit der Zukunft, dem Neuen, dem bisher noch Unvorstellbaren gilt ihr Drängen. Wenn sie das Unfassbare, das Fundamentale schafft, kann sie, wie einst Ikarus, nur halt technisch überarbeitet, unbeschwert ihrer Zukunft entgegensegeln. Ihre Liebe zur Musik wird sie in den Himmel hineintragen, in den siebten, der voller Geigen hängt. Er hegt seit Längerem den Verdacht, dass Musikerseelen auf der Reise dorthin gelegentlich den rechten Weg verlassen und in ein Beisl einkehren. Derweil stapeln sich die vorausgeschickten Instrumente in der Garderobe. Möchten Sie eine Stradivari probieren? Keine Antwort genügt Friedrich als Bestätigung seiner Theorie. Who is who! Der Code der Eitelkeit wird ihre Astralkörper schon finden.

Wenn er sich im Konzert ganz auf die Musik konzentriert, schließt er über lange Passagen die Augen und die Welt um ihn herum wird bedeutungslos. Zwei Reihen vor ihm hat er eine Rothaarige entdeckt, jetzt dreht sie den Kopf, als hätte sie seine Blicke gespürt, zeigt Profil, zeigt eine freche Stupsnase. Er senkt den Kopf und gehört wieder der Musik.

Mitten im Zimmer hat er sein Bett gerichtet, das Zentrum seiner Traumwelt. Eingehüllt in eine Wolke voll Illusionen wartet er auf den Schlaf. Die Träume stehen im Regal. Aber nicht fein säuberlich geordnet, wie es Annas Art ist, sondern wirr, ein Durcheinander von Albträumen, Wunschträumen, Sexträumen, ohne alphabetische Reihung, ohne System. Träume brauchen sich keiner Ordnung zu unterwerfen, Träume kommen und gehen, pflegt er zu sagen. So wie bei seinen Freunden die Bücher an den Wänden den Eindruck von Gelehrtheit, von Belesenheit vorgeben, so fassen sich bei ihm die Träume an den Händen. Mit Gänseblümchen im Haar tanzen sie für den Prinzen Dornröschen, den Nussknacker, Tschaikowsky, Bolschoi, Paris, Wien.

Erst nachdem er sich dieses Genre erarbeitet, die Welt des Theaters und der Musik betreten hatte, verspürte er immer wieder, was diese unbegreifliche Leere, die sich in ihm ausbreitete, verursacht hatte. Das wars, was ihm bisher gefehlt hatte. So lange er wenig bis nichts davon verstanden hatte, war es ihm nicht abgegangen. Man wird nach der ersten Zigarette nicht gleich süchtig. Doch er hegte diese Blumen und sie wuchsen und gediehen.

Was haben wir denn da? Ein Mimöschen. Wenn Anna die Baby-Sprache anschlägt, klingt ihre Stimme warm wie die Märzsonne. Sein weiches Herz verträgt keine Sonne, schmilzt wie das Eis an den Polarkappen, treibt im Meer, verfolgt von einer Flut von Wünschen, die sich in seinem Briefkasten finden. Der kleine Kobold in seiner Badehose flirtete mit einer steilen Bikini-Trägerin, weiße Haut trotz schwarzem Haarwuchs. Ohne tägliches Training der Rückenmuskulatur wäre sie außerstande gewesen, und wenn, dann auf keinen Fall mit diesem anmutigen und gleichzeitig selbstbewussten Gang, dieses prachtvolle Zwillingspaar – sagtest du, die hat eine Menge Holz vor der Hütte? – vor sich herzutragen. Er drehte sich auf den Bauch, damit sie nicht sah, was er dachte.

Seit den Osterfeiertagen schaut der Schokoladenhase durch die Glasscheibe in den Frühling hinaus. Am Fensterbrett hat er ihn vergessen, jetzt liegt er wie ein Häufchen Elend am Teller. Vier tote Fliegen findet er auf dem Fußboden und kehrt sie in den Mülleimer. Gut, dass nicht alle Tage von solchen Aufregungen torpediert werden.

Was ist los mit ihm? Unruhig, fahrig, nervös schießt er umher. Man kann auf keinen Fall von einer Ahnung sprechen. Angeblich hat er noch nie von irgendwas eine Ahnung gehabt. Ob es viel oder wenig ist, man muss zufrieden sein. Man braucht Menschen, die einem Halt geben, zumindest einen, und er hat jahrelang gesucht.

Dann erinnerte er sich an das Sprichwort: Wo doch das Gute liegt so nah, staunte über seine Blindheit und wunderte sich über nichts mehr.

Vorher hatte er in allen Ecken und Enden der Welt nach seinem Ideal gesucht und war, wie Napoleon aus Russland, geschlagen, deprimiert zurückgekommen. Weder am Eiffelturm, noch im Tower, im Central-Park, in Hongkong, im Kreml fand er, was er suchte. Ja, wenn er ganz genau gewusst hätte, wonach er eigentlich suchte. Es war die innere Unrast, die ihn zur Jagd nach dem Phantom antrieb. Er suchte ein Ideal, hatte aber keine rechte Vorstellung, wie es aussehen sollte. Immer hatte er was auszusetzen. Einmal war es die Nase, ein andermal die Augen, die Beine, der Gang. Er fuhr mit dem Lift hoch, flüchtete in seine Wohnung, versteckte den Schlüssel, in der Hoffnung, ihn nie mehr zu finden. Sein Weinvorrat reichte, wenn er ihn klug einteilte und wenn er keine Besuche empfing, für Jahre. Und Essen? Wenn man ihn gefragt hätte, ob der Hunger bereits seine Eingeweide fresse, hätte er tapfer gelächelt und sicher wieder so einen blöden

Spruch wie: Das Bisserl, das ich esse, kann ich auch trinken, losgelassen. Er verstand es einfach nicht, sich abzusetzen, klammheimlich durch die Hintertür zu verschwinden. Er versank in einem Strudel von Selbstmitleid, abgeschottet, eingeigelt, taub, erledigt. Ein wehleidiger Hund war er. Aber er schämte sich nicht, wenn ihm das Wasser in die Augen stieg. Das kommt vom Zwiebelschneiden, ich bin so empfindlich. Damit meinte er sein verstauchtes Hirn, die angeschlagenen Gedanken, die geplatzten Ideen. Die rosarote Thrombose an seinem Revers habe ich ihm angedichtet, dem eitlen Tropf, aber feige war er nicht. Er und feige, lass dich nicht auslachen. Wie soll einer, der an der Realität des Lebens vorbeilebt, so was wie Angst bemerken?

Die vernichtende Kritik eines Banausen, von einem dieser aufgeblasenen, gefühllosen Besserwisser (wieso durfte sich der in einem von ihm geschätzten Blatt derartig auslassen?) ließ ihn verärgert aufbrausen. Was bildete sich dieser Mensch ein?

Sentimentale Gefühle entfalten sich nicht nur am Muttertag oder am Grab. Darf denn der Kitsch die Kunst nicht umarmen, ist er wie ein uneheliches Kind zu verleugnen? Arme Kunst. Wenn es nichts fürs Herz geben darf, nichts zu lachen gibt, hat sie nichts zu lachen. Kitsch gehört nicht immer der Sippe des guten Geschmacks an. Aber weitschichtig verwandt ist er schon. Am liebsten hätte Friedrich, er hätte es tun sollen, diesen Artikel mit dem Fuß in den Boden gestampft, am Parkett zerrieben.

Diese verlogene Aussage, eine der üblichen (eine der üblen!) Werbekampagnen peinigt sein Ohr, sticht eine Nadel in sein Fleisch. Aus der Flasche tropft alles, was er wissen darf, in seine Venen, lässt ihn nur mehr in eine Richtung denken. In die richtige, schreien die Medien, für sie ist es die richtige. Die Infusion sagt nichts. So was nennt man Gehirnwäsche, die schieben dein Gehirn durch die Waschstraße, föhnen es mit Heißluft, bis nur noch wenige Tropfen als lose Gedanken durch den Wind schaukeln. Schau genau hin: San Daniele! Sein Denken ist im Arsch, hängt gleich neben dem Schinken.

Wenn man die Seele baumeln lässt, hängt sie dann an einem Strick?

Sind Gedanken frei, wenn sie auf dem fliegenden Teppich dahingleiten und von oben betrachten, was sie festgehalten hat?

Wenn man sich frei und aufrichtig äußert und hinterher dafür eingesperrt wird, ist das die hochgelobte Meinungsfreiheit?

Und was ist Angst?

Die vom Leben aufgeworfenen Fragen hat er zu einem Haufen aufgeschichtet, in den er blind hineingreift, drinnen herumwühlt, als gelte es, das große Los zu ziehen. Eine, ohne besonderes Kennzeichen, taucht immer wieder auf. Wieso und warum soll er sich für das, was vor seiner Geburt geschehen ist, verantwortlich fühlen? Unter dieser Last würde selbst Atlas zusammenbrechen. Es würde ihm die Beine auseinanderreißen, den Schädel platt drücken und Afrika würde als Scherbenhaufen, in einer Ecke vergessen, liegen bleiben. Wie also sollte ein einfacher Mensch wie er das aushalten? Er hat nichts abzuarbeiten. Selbstverständlich hat er alles, was ihm über den Nationalsozialismus in die Hand kam, gelesen, hat vieles mit großem Interesse eingesaugt. Er hat auch mitbekommen, da zitiert er Staudinger, dass der Staat Österreich nach 1945 eine große Gruppe sudetendeutscher Flüchtlinge einbürgerte, aber praktisch keinen einzigen jüdischen Holocaust-Überlebenden. Er ist mit dem Tagesgeschäft ausgelastet, er lebt jetzt und heute! Gehen ihn die damaligen Entscheidungen was an oder nicht?

Ändern kann er daran nichts, so egozentrisch ist eben Vergangenheit. Politik? Ist er durch sie oder wegen seiner Ansichten gefährdet? Man schlägt ihm nicht gleich den Schädel ein. Tot, mundtot, geistig tot, ruhig gestellt? Davon fühlt er sich weit entfernt.

Einbilden kann man sich viel. Er bildet sich ein, gebildet zu sein und ist doch nur unter den vielen Blinden ein Sehender. Ein Bier! Nein, kein Wasser, das steht ihm bis zum Hals. Ein Bier wäre jetzt nicht schlecht.

Ganz leise schlich er sich nach Mitternacht ins Haus, das schlechte Gewissen in Person. Dann trat er gegen einen Sessel, der sich verirrt hatte. Wenn sie aufwacht, hochschreckt, ihn in verständlicher Panik für einen Einbrecher hält und niederschießt? Sie hat ja keine Schusswaffe. Er duckte sich abwartend in den Schatten neben der Tür. Für den Fall, dass sie noch auf gewesen wäre oder aufwacht, weil sie seine Nähe spürt, er überschätzte sich wieder einmal, hatte er sich eine plausible Erklärung zurechtgelegt.

Da erfindet er Ausreden von Bühnenreife, überlegt sich den Tonfall, jede Pose, verkracht sich mit einem Sessel, aber sie schläft wie ein Murmeltier. Regt sich da nicht ihr Mitgefühl, finden sich keine Mitleidkrumen auf ihrem Tisch?

Beim Denken ist er sich um diese Stunde selber im Weg, deshalb lässt er es, zieht sich vorsichtig aus, legt sich ins Bett und ist augenblicklich weg. Er hört noch den Beifall, aber der gilt nicht ihm.

Die große Hoffnung schrumpfte ihn auf Stecknadelgröße. War er nur mehr mit einer Lupe zu erkennen? Er trug sie auf Händen, trug sie über die Schwelle. Aber dann, ohne Publikum, ohne diese neugierigen Lemminge, die durchs Schlüsselloch spionieren, wurde sie ihm zu schwer und er ließ sie einfach zu Boden plumpsen, naja, gleiten, einfach so hinunter. Tut mir leid! Früher war er mit schwerem Rucksack dem Gipfel entgegengestürmt, ohne groß ins Schnaufen zu kommen, aber jetzt. Sie spürte sein Herzklopfen durch das Sakko, sah seinen roten Kopf, dachte an den feurigen Liebhaber, der er einmal gewesen war, und prustete laut los. Tränen rannen ihr herunter. Er schaute sie verwundert an, konnte sich diesen unvermuteten Ausbruch von Heiterkeit nicht erklären. Verletzt hatte sie sich nicht. Der dicke, weiche Teppich hatte den Aufprall gedämpft. Was fand sie daran so lustig? Die letzten Stufen hinauf schaffte er nur, weil er aufgeben, scheitern grundsätzlich als Schande ansah. Er hätte allzu gerne die Ursache für diesen Lachanfall gewusst. Er fragte, sie legte ihm die Arme um den Hals und lachte weiter. Er hatte Champagner aufs Zimmer bestellt. Der Kübel mit der Flasche stand auf dem Tisch. Ihm war nicht nach Lachen. Sie küsste ihn und dann … wurde alles andere unwichtig.

Auf seinen Spaziergängen, wenn er gnädig gestimmt war, nahm er sie mit, gab er sich meist wortkarg, nach innen gekehrt. Sie beobachtete, wie sich seine Stirn zu einer Waschrumpel wellte, sah, wie seine Nase zitterte, ruckartig Luft einsog, als gehörte sie einem Hund, der eine verdächtige Witterung aufnimmt, seine Lippen bewegten sich unbewusst. Er führte Selbstgespräche. Das Staunen über die Natur – das entschlüpfte ihm einfach – ein Hase, der die Nase rümpft, ein Eichkätzchen mit gebügeltem Schwanz, eine Drossel mit Bart, das alles ließe sich wie ein Dreigroschenroman fortsetzen, auf dessen nächste Folge Leser/innen mit Sehnsucht warten. Gigantische Berge, im Wasser treibende Eisriesen, die drahtlose Kommunikation, mit der Wale Freundschaften knüpfen, der Übermut der Delphine. Das Staunen darüber steht im Spiegel unserer Gesichter. Dazwischen fragte er nach Dingen, die sie erst aus dem Vergessen heraufholen musste, deutete auf ein Haus, da hab ich einmal übernachtet, imitierte das

Krächzen der Rabenkrähen, summte oder sang einen alten Schlager. Sie hörte ihm gerne zu, diese Oldies erinnerten sie an ihre Teenager-Zeit. Es gab keine festgelegte Route. Es konnte vorkommen, dass er fragte, ob sie weitergehen oder lieber umkehren wolle. In der Regel schritt er ohne Rücksicht auf sie drauflos, wie es ihm passte. Selten ließ er sich auf dem Weg in ein Gespräch mit Fremden ein, seltener mit Leuten, die er kannte. Und er kannte alle, kannte ihre Namen, ihren Familienstand, wusste ihr Alter richtig einzuschätzen. Bleib nicht stehen, keine Bitte, Befehlston, beachte sie nicht weiter, sie sind oberflächlich, wollen dich nur aushorchen, reine Zeitverschwendung. Sie dachte ähnlich, hakte sich unter, blieb an seiner Seite.

Als sie noch an die Magie der Liebe glaubte, hatte sie sich für ihn entschieden und eingewilligt. Ist es dir ernst mit deinem Antrag? Da bleibt dir die Spucke weg, was? Heb die Hand und schwöre, oder dachtest du, ich habe nicht mitgekriegt, dass die Feuerwehrmänner deine gesammelten Lügen aus dem Feuer gerettet und der Kriminalpolizei übergeben haben. Also! Wann heiraten wir? Das nannte er Heiratsantrag. Kniend bat man um ihre Hand, mit einem Strauß roter Rosen und einem Zehnkaräter an einem Seidenband. Mach nicht so ein Theater, sag einfach Ja. Sie sagte Ja und meinte: in schlechten wie in guten Zeiten. Manchmal war er auch in guten Zeiten kaum auszuhalten. Der Gewöhnungseffekt ließ sie manches vergessen. Ja, sie gewöhnte sich so sehr an seine spitzen Bemerkungen, seine Eigenheiten, dass sie ihr abgingen, wenn sie ausblieben.

Bist du krank, fehlt dir was? Sie war besorgt. Ihre Fürsorge entsprang zu einem guten Teil der Angst, allein zurückzubleiben. Wie ein Gecko sonnte er sich unter der Wärme ihrer Zuneigung, ihrer Anerkennung. Im Zorn schleuderte sie ihm vieles an den Kopf, schrie: Ich bring dich um. Aber Witwe, trauernde Hinterbliebene, Geschiedene waren keine Rollen, für die es sich lohnte, diese Ehe aufs Spiel zu setzen.

Das Land der Dichter und Denker wurde zum Land der Richter und Henker. Diesen Satz hat sich Krechel von Karl Kraus ausgeborgt. Es läuft ihm kalt über den Rücken. Ein Schauder erfasst ihn bei dem Gedanken, es hätte, wäre er älter gewesen, auch ihn treffen können.

Er sitzt wie immer auf seinem Stuhl neben dem Fenster, zeichnet auf den Buchumschlag Strichmännchen, die er an einen Galgen hängt. Zwischen Traum und Phantasie, zwischen Wachen und Wahn spannt sich eine schaukelnde Hängebrücke, gefährliches Terrain, warnt er sich selber, da muss er hinüber. Auf der gegenüberliegenden Seite stapelt sich die Wahrheit, wartet in Containern auf ihre Auslieferung. Seine Strichmännchen verwandeln sich in Gekreuzigte.

Er ist gläubig, glaubt an die unbefleckte Natur, glaubt an einen Gott, denn nur einem solchen traut er genug Vorstellungskraft zu, nur ein Gott konnte, ohne vorher ein Modell aus Pappmaschee gebastelt zu haben, wissen, wie die Welt auszusehen hat. Religionen, die Kirche? Die katholische hat nichts unternommen, um ihn für sich einzunehmen. Sie verschließt die Augen vor der Realität. Anstatt die Erkenntnisse von Forschung und Wissenschaft zu nützen, ignoriert sie diese. Alles, was nicht in ihren Kram passt … Dafür segneten ihre Vertreter Waffen, die ausschließlich zum Zwecke der Vernichtung von Leben konstruiert wurden, und verboten im Gegenzug Kondome, weil diese Leben verhindern. Alte Männer, jenseits von Gut und Böse (oder jenseits von Gut, aber böse?) fassten diese antiquierten, lebensfremden Beschlüsse. Dabei ging es ihnen nur um den Erhalt ihrer Macht und wie diese eventuell zu erweitern wäre. Es schert sie einen

Dreck, wie es ihm geht! Nächstenliebe? Ein Fremdwort. Hohl wie ein Totenschädel, ausgeleert in den Predigten der Sonntagsmessen.

Die Wahrheit, falls sie die wahre ist, widersteht jeder Frage nach ihrer chemischen Zusammensetzung oder danach, ob sie aus biologischem Anbau stammt. Sie endet niemals abrupt, sondern klingt wie ein angeschlagenes Klavier-C bis hin zum Grab, wo der bis auf Haut und Knochen abgemagerte Tod, als Beweis seiner Unschuld, das Hemd ohne Taschen trägt. Er stiehlt das unwiederbringliche Leben und er lügt.

Vor vielen Jahren hatte er den Beschluss gefasst, die Wahrheit zu lieben und zu ehren, bis die Lüge uns scheidet. Das stand er auch einige Zeit durch, bis der dadurch entstandene Schaden über seinen Kopf hinauswuchs, ihn beinah aus der Gesellschaft katapultierte. Da hatte er begriffen, dass es so nicht weitergehen konnte, und sattelte auf so ehrlich wie möglich um. Dadurch wurde die Lüge zur Notlüge und war sogar im Beichtstuhl vertretbar. Damit half er sich, er hatte sich damit abgefunden, zog sich, inklusive einer Portion Schamröte, selber aus der Scheiße. Mit dem Gebot der Liebe für den Nächsten, für den Übernächsten musste er sich verständigen, denn wörtlich genommen taugt es für Heilige und für Millionäre. Mit dieser Welt, er meint damit seine selbst gezimmerte, auf der Werkbank seiner Erfahrungen gedrechselte, aus unzähligen von Menschen geschlagenen Wunden blutende Welt, die er mit einer Rinne versehen hat, in der das schuldige wie das unschuldige Blut in den See des Vergessens und Vergebens abgeleitet wurden, um sich in diesem aufs Neue zu vermischen. Das stinkt zum Himmel, sagten die Menschen, aber die Fliegen fanden es herrlich. Mit dieser Welt hatte er sich zu arrangieren.

Er verpasste seinen Gedanken eine Tube schwarzen Humor, so dass sie sich, mit einem lachenden Trauerflor umwickelt, ganz gut machten. So war das Leben zu ertragen. Himmelschlüssel sperren Herzen, Veilchen betören durch ihren Duft. Der Verstand holt sich eine Bouteille aus dem Keller.

Philosophieren, wenn es zu fortgeschrittener nächtlicher Stunde in die Gänge kommt, führt zwangsläufig zu den Fragen: Leben, Liebe, Gott, Tod.

Friedrich sitzt auf seinem Lieblingsplatz. Sein Kopf hängt zur Brust hinunter, wie eine Birne vom Ast. Jetzt ist er tatsächlich eingeschlafen.

Er konnte mit seinem verletzenden „Charme" einen Augenblick der Zuneigung wie nichts hinwegfegen, jede ihm entgegengebrachte Sympathie wegpusten wie eine Seifenblase, sodass ihn sein Gegenüber nur verstört angaffte und im ersten Moment nicht begriff, wie ihm geschah. Warum, presste er mühsam hervor, warum muss das so sein. Ein Taubenpaar gurrte im Duett seine Beziehung in den Abendhimmel, der sich müde zurückzog. Ein überhebliches Lächeln breitete sich in seinem Gesicht aus.

Ein Arschloch war er schon immer gewesen, aber wer konnte sich ihm, trotz seiner Unarten, auf Dauer entziehen, ihm kündigen, ihm den Rücken zukehren? Dreh dich nicht um, er mordet, wie es ihm beliebt. Sein Angriff kommt stets unerwartet und von allen Seiten.

Es war berührend, ein berührender Moment. Er hatte eine ganze Sequenz alter Fotografien an die Wände des Wohnzimmers geheftet und saß auf einem Drehstuhl in der Mitte des Raums. Bedächtig stieß er sich mit einem Fuß ab, dann mit dem anderen, schaukelte einmal vor, dann wieder zurück, konnte sich nicht für einen schnellen Rundflug entscheiden. Die Fotos belegten einen Teil seines Lebens. In der Schuhschachtel, dort wo die Koffer lagern, erinnerte sie ihn, bewahrst du die Fotos aus deiner Schulzeit, die Aufnahmen deiner Eltern, deiner Großeltern und den Stammbaum unseres Hundes auf. Da saß er nun, drehte von links nach rechts und dachte nach, worum es damals gegangen war. Sie hatte noch gefragt, soll ich sie holen, und er hatte den Kopf geschüttelt und um ein Glas Weißwein gebeten. Sie wollte nicht warten, bis er aus der Gefangenschaft seiner Vergangenheit erwachen und sie mit Fragen bombardieren würde.

Die neue Nachbarin hatte Friedrich versprochen, Botengänge zu übernehmen. Sie war eine dieser hübschen Slowakinnen mit blondem Haar und kecken Augen. Sein Blick streifte unverhohlen ihre Brüste. Ihr Österreichisch mit eingebürgertem Akzent machte sich ausgezeichnet. Von ihrer Muttersprache blieb die Stimmlage, ein gewisser „Sound", den ihr Reden in sich trägt und den er bezaubernd fand. Dass du dich nicht verliebst, dein Herz verträgt solche Aufregungen nicht mehr. Sein Herz verträgt noch viel mehr, denkt er und gibt ihr trotzdem recht.

Was trägt ihn, was befriedigt ihn, wie schafft er das Zusammenleben mit einer Gesellschaft, für die er nicht viel übrighat, für die zuerst Geld, Besitz und ihre mühsam aufgebauten gesellschaftlichen Verbindungen zählen. Von alldem versteht er nichts, vor alldem hat er keinen Respekt. Dennoch, das weiß er nur allzu gut, geht es nicht ohne Geld, ohne eigene Wohnung, und ohne Freunde wäre das kein Leben, nicht einmal für ihn.

Er ist kein Gefangener im Sinne von eingesperrt sein. In dieser, nach ihrem extravaganten Geschmack eingerichteten Wohnung fühlt er sich wohl. Das Zimmer hat zwei Fenster zur Straße. Eines würde ihm genügen, denn er schaut immer durch dasselbe hinaus. Am linken Fensterflügel klebt ein Thermometer. Zuerst der Blick nach der Außentemperatur, dann zum Himmel, Wolken, Sonne.

Heute hat er sich den Sessel herangerückt, beim Lesen braucht er das Tageslicht. Ohne das zweite Fenster hätte er ein Bild hängen können, ein Schüttbild. Er lächelt bei dieser Überlegung.

Buchstaben, Silben, Wörter, ganze Sätze kann man mit Farbe anmalen und trotzdem bleibt das Leben farblos. „Das hat keinen Lack!" Aha. Friedrich schläft gar nicht mehr, hält nur die Augen geschlossen und die Ohren gespitzt.

Der Fluss fand sein Bett, die Sprache beruhigte sich und füllte eine Dekade lang Tagebücher mit allem Möglichen. Was ihm grade eingefallen war, hielt er fest, schrieb sich Freude und Kummer vom Herzen, verteilte Buchstaben nach Intuition und Laune, knetete Wörter zu strudelnden Sätzen, ein Gedicht von einem Lammbraten, ein Kochbuch für Lust und Geselligkeit. Dabei sein ist alles, sagten die Radieschen und versteckten sich zwischen den Salatblättern. Schenk ihm Gehör. Er hat seine Geschichten zusammengebunden, möchte sie wie einen Blumenstrauß überreichen. Du sollst sie dankbar annehmen, sonst verlierst du das Anrecht, hin und wieder seine Arbeitskraft nützen zu dürfen, sonst musst du die Wiese selber mähen und die Hecke wird ihren Schatten zwei Meter weit werfen. Lass ihn erzählen. Er freut sich wirklich, wenn du ihm zuhörst. Sein Freund, der Maler hält ihm den Pinsel vor die Augen. Ich sehe mich im Spiegel, ich brauche kein Porträt.

Es zieht ganz schön herein bei diesen alten Holzfenstern. Er hat genug, zieht sich an, zieht sich warm an, klemmt einen Regenschirm unter die Achsel und verlässt Wohnung und Haus. Im letzten Augenblick stoppt sein Fuß vor einem Hundstrümmerl, dann biegt er ums Eck und verschwindet in der U-Bahn-Station. Vor der Staatsoper spricht ihn ein Japaner an, oder ist es ein Chinese, ein Koreaner, für ihn schauen sie alle gleich aus, er kann diese Asiaten nicht auseinanderhalten, fragt, wo es zur Staatsoper geht. Steht direkt davor, den Stadtplan verkehrt in der Hand und fragt, wo die Oper ist. Friedrich braucht zehn Sekunden, bis er kapiert, dass er nicht auf den Arm genommen wird. Dann zeigt er lachend auf das Gebäude, vor dem sie stehen. Es ist kühl, aber der Wind hat sich gelegt. Das Kartenbüro der Bundestheaterkassen befindet sich neben der Albertina. Zwei Karten fürs Burgtheater hat er ergattert, der Ignorant und der Wahnsinnige. Im Kaffeehaus verliert er gegen einen ansonst schwachen Gegner eine Schachpartie, bestellt sich einen Gspritztn und holt sich den Falter. Er teilt sich die Zeit ein, damit er Zeit hat, und er nützt sie dementsprechend. Er ist ausgezogen, um sein Ego zu finden. Streicht als Einzelgänger durch die Straßen, schwimmt mit der Masse, schaut sich nach allen Seiten um, weicht Pfützen aus, dem Hundekot, den Autos, die viel zu schnell durch die Stadt rasen. Liest die Namen auf den Messingschildern neben den Haustoren: Weinkontor Axbacher, Mezzanin, erste Tür rechts. Er hätte nie gedacht, dass es so viele Werbeagenturen gibt, staunt über den Aufwand, der betrieben wird, um die Neugier zu wecken. Er geht bedächtig die Wollzeile hinunter, stockt vor einem Reklameschild: Unsere Weine sind kostbar! Kann man die auch trinken? Beim Überqueren des Rings beschleunigt er auf die Brennweite eines Schnapsglases, was nicht viel zu bedeuten hat, betrachtet im Stadtpark die Tauben, die, so scheint es, ihre Scheu vor den Menschen verloren haben. Ist das Ihre Taube? Sie sollten sie anleinen, bevor sie Ihnen davonfliegt. Die junge Frau schaut ihn verständnislos staunend an, sie ist nicht gewohnt, dass man sie auf der Straße anspricht. Wer weiß, ob sie ihn verstanden hat. Er zählt auf nur fünf Quadratmetern zwanzig Japaner mit vierzig Kameras. Nachdem er seine Gedanken gesammelt hat, findet er sein ICH auf dem Este-Platz, beinahe hätten sie sich verfehlt. Seit sein Arzt und er einer

Meinung sind, wundert ihn nichts mehr. Er nimmt sein Ich mit. Zügig gehen sie die Landstraße hinauf. Beim Areal des alten Schlachthofes pinselt er den beiden Stieren, die auf ihren Postamenten links und rechts vor dem Eingang auf ihn gewartet haben, eine Blesse zwischen die Hörner, streicht mit Genuss über das Schulterscherzl des linken Tiers und schmatzt dabei in der Vorfreude auf ein Stück saftiges Rindfleisch. Mit großem Interesse beobachtet er die Hartnäckigkeit, mit der eine Krähe, eine Nuss im Schnabel, immer wieder auf einen Baum hochfliegt, die Nuss fallen lässt, bis ein Auto drüberfährt und sie zerquetscht. Er bewundert die Intelligenz dieses Viehs. Zwar hat er schon darüber gelesen, aber die Realität übertrifft das bei weitem. Wie sagt man so schön? Im Detail steckt der Hund. Aber das war eine Krähe.

Aus den Fingern zieht er Wahnvorstellungen. Herr Direktor, wie verkaufen wir diesen Schmarrn, diesen in Butter herausgebackenen Grießschmarrn, diesen Kaiserschmarrn, Zwetschkenröster, Zwetschkenkrampus. Wir müssen sparen, das Geschäft läuft nicht mehr so wie früher.

Mit sich geht er sorgfältig um, schneidet sich nicht in den Finger, schaut genau auf den Preis, achtet penibel, dass man ihn nicht übers Haxl haut. Wer von diesen beiden ist jetzt der Klügere? In Erdberg überlegt er, soll er zu Fuß weiterziehn oder lieber zur U-Bahn pilgern. Das Ich, es wurde zwar nicht gefragt, bestimmte: Gehen. Er schultert es wie einen Rucksack und macht sich auf den Rückweg. Am Rochusmarkt vergönnt er sich ein Achterl und dabei fällt ihm ein, dass sich hier, im Schatten der barocken Kirche bis 1784 ein Friedhof befand, der im Zuge der Josephinischen Reformen nach St. Marx abgesiedelt wurde.

Dort, am Grab mit dem Engerl, in dem die sterbliche Hülle von Wolfgang Amadeus Mozart liegen soll, drückt ein japanischer Autobus auf den Auslöser und eine Woche später erzählt in Tokio Herr Tanaka, dass er in diesem erhabenen Moment ganz deutlich die Königin der Nacht singen hörte. Sein Ich zieht es nach rechts, es kennt den Weg, lässt sich nicht beirren. Mittwoch den Dreiundzwanzigsten vermerkt er in seinem Taschenkalender: habe mich gefunden, befand mich in gutem, aber hungrigen Zustand, ging deshalb mit mir essen. Ohne Peymann und ohne Lederhose.

Warten Sie einen Augenblick, ich muss das erst überprüfen. Entweder werde ich grade verrückt oder ich bin es bereits. So genau kenne ich meinen Zustand nicht, noch nicht. Morgen wird sich herausstellen, wie viel ich weiß, woran ich mich erinnern kann. Vielleicht will ich es gar nicht wissen. Soll mein Unterbewusstsein an den Rändern der Gedächtnislücken kratzen, sie verhören? Ich überlasse es ihm.

Der Emmentaler stellt seine Löcher als Blasen ins Internet. Der Käser, ein Könner seines Fachs, trägt die Verantwortung für die Qualität des Produkts.

Aber dieser Artikel, über den Friedrich beinahe drübergelesen hätte, handelt von ganz anderen Blasen. Er beschreibt die Immobilienblase, die die Preise für Häuser und Grundstücke nervös auf und ab hüpfen lässt. Aktien finden sich in Blasen jeder Risikogröße. Alles Seifenblasen, die in der Sonne schillern, orientierungslos, vom Wind getrieben, auf- und absteigen. Jeden Augenblick können sie platzen. Die Banker sitzen regungslos im Glashaus und schwitzen vor Angst und Aufregung. Der Existenzkampf zwingt sie, die Geldtöpfe am Köcheln zu lassen. Das voreilige Drücken der Notruftaste könnte eine, auch für sie gefährliche, Implosion auslösen. Ein Gebet, aus ihrer Kindheit gerettet, ein Stoßgebet, könnte jetzt seine Heilkraft beweisen. Wie und warum es zu diesem sich anbahnenden Fiasko gekommen ist, weiß man nicht. Wissen hieße ja Verantwortung übernehmen. Wir müssen erst analysieren. Das geht nicht von heute auf morgen, geben Sie uns Zeit, wir brauchen mehr Zeit dazu. Wo die Löcher, die Blasen im Käse sitzen werden, kann auch der Käser nicht bestimmen, aber er weiß, warum es sie gibt. Schauen Sie sich diese Verantwortlichen einmal an. Sie suchen nicht nach der Ursache, die kennen sie, die müssen sie kennen. Nein? Sie sind auf der Suche nach Ausreden, basteln an Verschwörungstheorien und halten wieder brav das Händchen auf, um den Geldfluss nicht ungefilzt vorbeifließen zu lassen. Er ist ihr Quellwasser. Soll man da nicht verrückt werden?

Die Welt gerät aus den Fugen. Ihr Zähneknirschen gleicht einem Vulkanausbruch. Ich wohne in Island, bewohne diese verrückte Sandwolke, sie ist ein Teil von mir. Wo sie zur Erde sinkt, bin ich da und halte die Hand drauf. Wo sie hingeblasen wird, ist Island. So, und nicht anders, erwirbt man ein Grundstück. Ich bin nicht korrupt!

Diese verrückten Ideen wachsen aus dem Kopfpolster. Zarte Topfpflänzchen, die um ihr Leben bangen müssen.

Er konsultierte einen Arzt, erkundigte sich, woran man die ersten Anzeichen von Demenz erkennen könne. Sein Gehirn, die Masse, wurde abgewogen, Löcher zählen nicht. Löcher gehen mit nichts schwanger.

Das Jahr trägt Verantwortung auf seinem Buckel. Er hört Stimmen, sieht Gesichter, er liegt wach, ist am Denken. Man schenkt ihm nichts. Morgen wird das „Warum“, diese große Frage, vor ihm stehen und wird ihn mit seinen von Batterien gespeisten Geisteraugen anstarren. Was hat sie denn? Ich kann nicht zaubern. Sie muss sich noch etwas gedulden. W i r sind am Analysieren!

Der Dämmerzustand einer unruhigen Nacht kann nicht zwischen Traum und Wirklichkeit unterscheiden. Alles bewegt sich in Zeitlupe, langsam, träge, wie müde Gliedmaßen.

Friedrich vergleicht das mit Vorhängen, die sich im Wind zu Gedankensegeln bauschen und bei Flaute matt, beinah unbeweglich herunterhängen. Rahen, auf denen Krähen sitzen, die mit grausamen Schnäbeln auf die Dummheit hacken, die drunter verborgen schlummert. „Auf die immer wiederkehrende Dummheit", würde Milan Kundera sagen, nicht auf simple Eseleien.

Auf die Raffgier, auf den Egoismus und auf die beleidigten Leberwürste. Leere Segel, leeres Hirn. Die Technik hat Köpfe mit Chips aufgerüstet und zu Spielautomaten umfunktioniert. Wenn sie an Geld denken, leuchten die Augen wie Tausend-Watt-Strahler, dann klingelt es im Gehirn, die Hände öffnen und schließen sich, die Elektronik setzt den Kassenautomaten in Bewegung, eine blecherne Tonbandstimme fordert: Geld, Geld und nochmals Geld. Nur langsam dreht sich das Rad der Zeit, und nur langsam fasst man alles zu Komplexen, die einem riesigen Holzstoß ähnlich sehen, aber keinen Sinn ergeben. Die Gedanken einer solchen Nacht gleichen Comic-Strips, die dem Wahn näher sind, als irgendetwas, das sich als Heiterkeit entpuppen könnte. Friedrich will Frohsinn importieren, will das Lachen einführen und damit den Markt ankurbeln.

Man kann mit vom Wind abhängigen Ideen sein Image polieren, aber keine Geschäfte machen, sagt Anna. Du orientierst dich an den soeben verteufelten Blasen. Bei Flaute verhungern Gedanken und die Wiederbelebungsversuche, die ein frischer Wind anstellt, reichen nicht aus, um ein Buch umzublättern. Weißt du, ob sich die alten und die neuen Einfälle überhaupt vertragen werden?

Er würde ihr gerne von diesem Traum erzählen, aber sobald er danach greift, verschwinden die Bilder, nicht alles löst sich gleich in Luft auf. Was er behalten hat, will er beim Zähneputzen überprüfen. Träume verlassen die Leinwand der Netzhaut in Sekundenschnelle. Er träumte von einer Ratte, die überall im Haus herumläuft, immer wieder direkt neben ihm vorbei aus dem Zimmer flitzt und wiederkommt. Er schaut ihr zu, betrachtet sie interessiert. Ohne Angst, ohne Grausen. Dann springt der Hund zur Tür herein, es ist unklar, woher er so plötzlich kommt, und beißt die Ratte tot. Im selben Moment wurde er munter. Kurz beschäftigte ihn noch die Frage, woher kam der Hund? Dann zerfiel das eben Geträumte und befindet sich jetzt in unerreichbarer Ferne. Würde jemand in die Wildnis, den Dschungel, der sich in seinem Kopf ausgebreitet hat, eindringen, mit dem Beil ausholen oder alles niederbrennen, was für ihn die Welt bedeutet, wäre dann von Mord, von Vergeltung, von Rache die Rede? Er bewegt sich auf einem von den Jahren abgesteckten Terrain, das auf seinen Namen eingetragen ist, auf das allein er Einfluss nimmt. Wohin das führt, wird sich zeigen. Hingegen möchte er Diskussionen, die zu nichts führen, gerne vermeiden. Er liebt es, bequem, unaufgeregt seine Pfeife zu genießen, die Zeitung zu lesen, und wenn er dabei einnickt, schadet er niemandem. Zu oft wurde er von rhetorisch geschulten, aufmüpfigen Hohlköpfen niedergemacht, die sich im wirklichen Leben an die feuchte Hose griffen und beim schwächsten Gegenwind den Schwanz einzogen.

Friedrich weiß, was er tut, und sie weiß, was er kann. Na, dann sag schon was! Aber Anna bleibt stumm, spült zwei Kaffeehäferl aus, räuspert sich, lächelt ihn an und das wars. Sie, die alles besser weiß, weiß natürlich, was er gerne hören möchte. Soll er ruhig in seiner eitlen Schale schmoren. Dauert ja nicht mehr lange, bis sie mit dem Abwasch fertig ist.

Ziehen sich manche Nächte zu einer gefühlten Ewigkeit oder kann man in diesen Zeitspannen tatsächlich so vieles überlegen? Fragmente, an die Wand gelehnt, unfertig, Ruinen-Design? Nein, das sind die Kulissen fürs Leben!

In einer solchen Nacht begann er, alle vom Wind verursachten Geräusche auf Band aufzunehmen. Sein Säuseln, sein Rauschen, sein Tosen, das Rascheln von Laub, das Flattern der Wäsche auf der Leine, wie er um die Ecke pfiff und das Schlagen der Fensterflügel. Er führte Buch, notierte penibel Uhrzeit und Datum. Vier Wind-Jahreszeiten ergaben ein Wind-Jahr. Die Frühlingsluft, die zum Leichtsinn verführt, der Duft des Mais. Er sog den Geruch der frisch gewaschenen Erde durch die Nase. Die Wiese, das Heu, den Staub der Getreidefelder im Sommer. Achtete auf die Richtungen, aus denen der Wind blies, und merkte sich alles, was er sonst noch mittrug. Schiffssirenen, Glockengeläute, Rasenmäher, den Straßenverkehr. Sein Streben, seine Neugier, hatte ein Ziel: Er wollte mit dem Wind reden. In seinem Eifer hätte er beinah die Melodie des Herbstwindes überhört. Die Bäume kleideten sich, wie es die Mode verlangte, in Gelb, in Braun und Rot. Gespannt, was daraus werden sollte, sah er zu. Zuerst war es wohl mehr die Ahnung einer Veränderung, bis der Wind die Kühlung anstellte, die Blätter von den Ästen riss und Friedrich nach dem Mantel langte. Bierschaum gleich stand der Raureif vor dem Maul des Tiefs aus Nordwesten. Dann der November. Ich rieche Schnee, diktierte er in sein Aufnahmegerät. Wie Zuckerwatte fallen Flocken, ersticken jeden Laut. Wo steckt der Wind, schläft er, weils wärmer ist, in der Garage? Das Tonband schweigt. Gottes Mühlen stehen still, weil er sie nicht antreibt. Der Vorhang ist im ersten Akt gefallen, mit hängenden Schultern ein betrübter Shakespeare. Dann drehte er endlich wieder auf, machte Kehraus, bugsierte den Schweifstern Richtung

Bethlehem. Viel Lärm um Nichts ist aus seiner Aufnahme geworden. So opfert man der Wissenschaft wertvolle Zeit und wird mit Ignoranz belohnt. Das Tonband wird die Erbmasse bereichern und ein noch unbekannter Nachkomme darf sich darüber freuen.

Er lockt die Hühner im Hof und verwöhnt sie mit Maiskörnern. Buckbuckbuck. Ein Leckerbissen für einen Sommernachtstraum. Ein Tropfen Champagner und schon zeigt die Königin verliebte Augen. Komplikationen? Im Schlaf? Ja. Wenn der Troll pfuscht.

Irgendwo fällt ein Stern vom Himmel, irgendwo fällt eine Kugel ein Leben wie die Axt den Baum. Alle Welt lernt ein Gedicht, das keiner wirklich braucht. Aber dass Kriege aus Dummheit, Impertinenz und Machtgier von Politikern immer wieder aufflammen, fällt niemandem mehr auf. Nur wenn diesen Herren das, was sie auf den Weg gebracht haben, auf den Kopf fällt … Warum soll er sich aufregen. Das sind Kopfnüsse, die niemanden genieren. Denn das Wissen darüber liegt begraben zwischen Toten unter Schutt und Asche. Und wenn es irgendwann gefunden und dem Volk als großartige Entdeckung vorgestellt wird, ist das Grauen des Krieges längst vergessene Geschichte. Und die Geschichte lehrt uns, dass die Menschen nichts von ihr gelernt haben.

Die „Großtaten“ der assyrischen Könige, der Pharaonen, Alexanders des Großen, zehn Jahre Troja, Cäsaren, Mauren, die Kreuzzüge, die Inquisition, alles ist uns bekannt. Wer will, liest Biographien von großen Heerführern, berühmten Politikern. Heroen, die ganze Völker niedermetzelten, deren Ruhm mit dem Tod ihrer Feinde ins Unermessliche wuchs. Im Streben nach Macht war ihnen nur der eigene Wille heilig. Alles andere hatte sich unterzuordnen. An den Zweiten Weltkrieg muss heute erinnert werden, denn erinnern wollen sich die wenigsten.

Erich Fried schrieb: „Es ist was es ist“, und meinte die Liebe.

Hass, Wut und Zorn sind dagegen wie blankes Eis, und wenn sie vereint auftreten, können sie ohne Weiteres eine Katastrophe wie einen Krieg auslösen. Die Spitzel der buddhistischen Militärs von Myanmar, die Buddhisten, hetzten seit Langem gegen die islamische Minderheit und 2017 gelang es ihnen, Hunderttausende über die Grenze nach Bangladesch zu vertreiben. Das Schicksal und das Elend, das diese Menschen erleiden, interessiert sie nicht. Hass und ihm gleichgeschaltete Emotionen agieren eiskalt, berechnend und sind deshalb gefährlich. Sie sind Stehaufmännchen und gegen Impfungen, gegen jedes Serum immun. Blanker Hass ist eine Teufelsfratze, die nicht einmal für den Fasching taugt!

In einer kristallklaren Nacht entdeckte die politische Astrologie den Stern der Weisen und requirierte ihn sofort für die Interessen des Staates. Im Auftrag der Herrschenden wurde der Stern millionenfach kopiert, goldgelb lackiert, um dann den Juden als Tauschobjekt für ihren Besitz, ihr gesamtes Hab und Gut, aufgezwungen zu werden. Diesen Stern, Judenstern genannt, durfte das auserwählte Volk von nun an tragen. Erst als dieses um alles geprellte Volk keine namhaften Werte mehr anzubieten hatte, entledigte sich die Herrenrasse dieser wertlos gewordenen Subjekte. Sie durften ins Paradies verreisen.

Friedrich, schrie sie ihn an. Bist du verrückt geworden? Nein. Ganz ruhig sagte er das. Schau dich doch um, das nationalistische Pack hat sich grad runderneuert, wieder braun eingefärbt. Man schürt das Feuer der Verblendung, es kribbelt in den Händen, die nach der Macht greifen wollen. Wenn ich die Augen schließe, höre ich den Jubel des Volkes, das nicht verstehen will, was es verstehen müsste. Die Wölfe im Schafspelz sind dabei, ihre Verstecke zu verlassen. Der Extremismus ist unüberhörbar. Erst unlängst stellte in der Bundesrepublik ein Gericht fest, von den wenigen gehe keine Gefahr aus! Gehören diese Richter am Ende bereits zum Rudel? Sich über andere zu stellen, Macht zum eigenen Vorteil auszuüben, kann zur Sucht ausarten. Braucht es dazu noch eines Beweises?

Welchen Einfluss hat Literatur auf den Konsumenten? Lesen Sie um Mitternacht Gedichte, Prosa oder Liebesromane? Ein Epos, in der obersten Lade geparkt, gleich darunter horten Sie Thomas Mann, Kriminalromane aus Basel, in denen das Herz von Herrn Hunziger schlägt. Für die seichte Ware ist Friedrich die vierte Lade zu schade. Bruckners Vierte, ja wenn sie darin Platz hätte!

Er liest nicht alles, was sich auf seinem Nachttisch stapelt, und sie sogleich nachbestückt, wenn er ein ausgelesenes Buch zur Seite legt. Er verspricht ihr hoch und heilig, dass er im Paradies oder im Himmel – allerdings nur dann, wenn es dort ausreichend Licht gibt, schließlich werden seine Augen nicht mehr die jüngsten sein – alle Bücher, die er jetzt aus Zeitmangel nicht schafft, lesen wird. Niemals wird er sich herablassen und zugeben, dass sie ihn nicht interessieren. Er wird sich, auf eine Wolke hingeknotzt, diese Lektüre vornehmen. Er wird lesen, bis die Wörter vor seinen Augen zerfließen, wird, wie er es gewohnt ist, ein Lesezeichen einlegen und seinem Geist Erholung gönnen. Er wird von dort oben, wie früher aus seinem Fenster, auf Wien hinunterschaun. Und wenn sie endlich zu Besuch kommt, wird sie bestimmt für Nachschub sorgen.

Vorläufig verbringt er halbe Nächte damit, und es kommt vor, dass er über seiner Lektüre einschläft. Aber das spielt keine Rolle.

Der „Mann ohne Eigenschaften" öffnete eine Frage nach der anderen und er kam sich vor wie ein Astrologe, dessen

Auftrag es ist, aus der Konstellation der Gestirne den Willen der Götter zu deuten. Ein Responsorium zwischen Uranus und Gaia, zwischen Denken und Moral. Friedrich durfte dem Sphärengesang, mit dem Circe lockte, nicht verfallen.

Er war tief beeindruckt. Gegensätze und Einigkeit. Die hin- und herspringenden Gesprächsfetzen nützte er wie Stoffreste für Patchwork-Arbeiten, die unkontrollierbar neue Muster ergaben.

Diese verwickelten Geschichten, ein Knäuel von ineinander verstrickten Fragen, als wären sie der Gordische Knoten, waren auch nicht mit Brutalität zu lösen. Vieles, was er bisher nicht gewusst oder nicht verstanden hatte, offenbarte sich.

Dennoch, reagierte er verstört, ja bestürzt, auf die Bemerkung, Ullrich habe das Bedürfnis zu lesen verloren. Bis dahin glaubte er, in Ullrich einen Seelenverwandten entdeckt zu haben. Der Roman wirkte wie ein Anschlag auf seine Person, er stülpte quasi seine Gefühle von innen nach außen, und deshalb konnte er unerkannt entkommen.

Dann lockte ihn unaufschiebbar der „Distelfink“, schon nach wenigen Seiten schloss er die Augen und ließ das Gelesene vorbeidefilieren. Augenblicklich begann diese Sprache mit ihm zu flirten und ließ ihn, so sagt er später, nicht mehr los. Die Wissenschaft hat festgestellt – oder behauptet das nur ein Pseudowissenschaftler? –, durch Lesen wächst das Gehirn. Wohin es wachsen soll, wird nicht erklärt. Wird es ausufern, die Hirnschale, die Schädeldecke durchbrechen, aus den Ohrmuscheln, den Nasenlöchern herauslugen: Was geht da draußen vor? Seine Kopfschmerzen, wäre das eine Erklärung für sein anhaltendes Kopfweh? Egal, wenn es nur ein Mittel gegen die Schmerzen gäbe, damit er unbehindert weiterlesen kann. Seinen ärztlichen Ratgebern fehlte offensichtlich das

Wissen der Schamanen, und sich an solche heranzuwagen, fanden sie unter ihrer akademischen Würde.

Ein neues Leben? Das Leben fängt niemals ein neues an. Der einfachste Nenner, nichts ist so neu, dass die Welt nicht schon darüber gelacht oder geweint hätte, ist nur vermeintlich der einfachste. Und wie's da drinnen aussieht? Der Arzt sagt, es sei das Herz. Aber wenn es nicht das Herz ist? Sitzt das Gefühl, die Liebe, die Phantasie, im Bauch? Ziehen sie Kreise? Ziehen sie diese Kreise immer enger, bis man erstickt? Das Ungewisse befindet sich am gleichen Ort wie das Gewisse. Das Gewissen erforscht die Vergangenheit, das Ungewisse die Zukunft. Vielleicht ist der Zufall von relevanter Bedeutung. Dennoch: Es gibt nichts Neues. Die Mode verändert das Alte und daran verdienen viele gar nicht so schlecht. Das ist bloße Einbildung? Sie können sich einbilden, von diesem Balkon, in welchem Geschoß befinden wir uns grade, im achten, in ein neues Leben zu springen. Ihr neues Leben wäre der Tod. Oder glauben Sie an Wunder?

Wenn der Raum verloren geht, verlässt uns die Zeit und mit ihr der Sinn. Wenn die Romantik verschwindet, leidet die Phantasie und Gefühle verarmen. Dann, sagt er, bin ich verloren. Es ist dieser Widerspruch, der ohne Ecken, ohne Kanten, ohne Konturen an seiner Seele kratzt. Vielleicht ist er ein unförmiges, hässliches Konglomerat, das sich die Stiege hinunterschleppt und auf die Straße spuckt, oder ein verletzlicher, einsamer Salonlöwe, dem der Tierschutz die Zuständigkeit verweigert? Ich liebe dich, sagt er zu diesem Klumpfuß.

Er will seine Seele spüren, will, dass sie ihm alle Facetten des Lebens offenbart. Und wenn sich die Zeit zwischen seinen vor dem Bett stehenden Pantoffeln verliert, macht er sich auf, das Loch aufzuspüren, durch das sie verschwunden ist.

Du bist also der Meinung, dass Menschen eine Seele haben. Wenn sie, wie du von dir behauptest, eine haben, nach welchen Kriterien sind diese dann einzuteilen? Gibt es reine, unbefleckte, unterdrückte, schurkische? Sind weibliche und männliche gleichberechtigt? Ist die Seele der Frau anders geformt als die des Mannes? Auffallend ist, dass man von armen Seelen spricht, aber nie von reichen, von dicken, von mageren! Ja, sagt Friedrich, man kriegt sie nicht zu Gesicht. Schiller schwärmte von der schönen Seele als Ideal, als Hochziel für den Menschen. Sokrates hätte ihr Wesen mit einem Orakelspruch „der anwesenden Abwesenheit" erklärt. Wenn wir an ihre Existenz glauben, muss es sie geben. So dachte schon René Descartes. Dieses Wunschdenken ist das wackelige Fundament, von dem Mathematiker und Philosophen bei ihrer Suche nach etwas, das es nur vielleicht gibt, ausgehen können. Die Hoffnung und der Glaube, das Vorhandensein einer Seele mit den Methoden der Wissenschaft eines Tages nachweisen zu können, wird sich gewiss, irgendwann, erfüllen. Ihre Zweifel werden sie nicht von ihren Nachforschungen abhalten. Sobald ein Wissenschaftler die Existenz der Seele bestätigen kann, wird man ihr den Namen ihres Entdeckers geben und ihn für den Nobelpreis vorschlagen. Es sei ihm vergönnt.

Früher, als es in vielen Wirtshäusern noch Kegelbahnen gab, Ladenbahnen mit Holzkegeln und einem Kegelbuben zum Aufstellen der umgeschobenen Kegel, da hat er einmal gesagt ... Er kennt dazu einen passenden Spruch, den er im Moment nicht findet. Am stillen Örtchen vertreibt er sich die Zeit mit Lesen von frisch geklopften Sprüchen und Aphorismen wie diesem. Eugen Roth merkte, wie sein Gedächtnis im Alter nachließ, und konsultierte deshalb einen befreundeten Arzt. Dagegen gibt es nichts, musste ihm der gestehen. Aber, schlug er vor, jedes Mal, wenn dich dein Gedächtnis im Stich lässt, versuchst du die Situation mit folgenden Worten zu überspielen: Ich habe drei Dinge, die ich mir nicht merken kann. Erstens: Zahlen. Zweitens: Namen. Und das Dritte habe ich jetzt vergessen. Als Roth bei nächster Gelegenheit damit brillieren wollte, begann er: Ich habe drei Dinge, die ich mir nicht merken kann. Zahlen, Namen … Und nach einer vermeintlichen Kunstpause gestand er: Und die Pointe hab ich jetzt auch vergessen!

Handküsse wirbelt der Wind in die schwindligen Etagen des Kartenhauses, zerzaust das, was Frisur genannt wird, schnipselt an den Locken der Zuversicht, es wird Zeit, dass er seinen Elan drosselt. Sogleich, als hätte der Wind mitgehört, streicht er beruhigend über die Wipfel des Wienerwaldes. Hat er sich verirrt? Er hat sich verirrt und verscheucht, wie zu erwarten war, Spechte, Buchfinken, Tauben und ein Liebespaar aus Klosterneuburg, welches dem klösterlichen Zwang entkommen wollte. Frühlingserwachen piepst es. Zeitungsenten brüten auf tauben Eiern, unter dem sich verdunkelnden Himmel schaukeln bunte Lampions. Zur Feier des Tages hat er seine Göttin eingeladen. Fast wäre ihm bei so viel Einsatz die Luft weggeblieben und der Bauch hätte einem Platten im Vorderrad geglichen. Er hat einen Plattenvertrag mit einem pleitegegangenen Schwarzhändler aus dem vorderen Orient abgeschlossen. „Schwarzer Kater" heißt die Catering-Firma. Sie handelt am Naschmarkt mit Salatplatten, mit Wurst-, Schinken- und gemischten Platten, mit Trockenklos für Bezirksfeste, gemischter Sauna, frischen Brötchen, altbackenen Slogans mit Hummergeschmack an Himbeerzuckerln, auf denen die Tulpen der Zuversicht wachsen. Auf dem Frühtau räkelt sich der Leberkäse, „gschmierte" Beamtenseelen stöhnen unter der Last der ihnen aufgebrummten Akten.

In der Kletterwand des Alpenvereins hängt ein dem Hungertod geopfertes Mitglied der Südwand. Ein Journalist vertauschte den Schauplatz mit einem Autorennen und titelte, in rosaroter Neon-Leuchtschrift: Tod dem Tyrannen, über die Akropolis. Alles in allem kamen die Abenteuer der Extraklasse, so wie sie waren, auf die Speisekarte und keiner kann behaupten, man hätte sich nicht um ihn bemüht.

Jetzt, denkt er, ist eine Maschine, eine ganze Maschinerie angelaufen, unglaublich. Aber der Rübenacker, eingeklebt in das Bild der Landschaft, versteht, dass er auf diese Wanderung nicht mitdarf, darauf verzichten muss. Wir können Sie nicht mitnehmen, weil Sie in Grund und Boden verankert ortsfest sind. Man hat Sie hier angebaut, Sie haben Wurzeln zu schlagen, Sie dürfen das Feld nicht im Stich lassen.

Ein Bienenstich ins eigene Fleisch, auf der Süßholzraspel wurde der Kren gerieben, sein Fluch greift im Hinterkopf nach der Schallmauer.

Der Sturm treibt dieses Gemisch an den Strand, in die Gischt, in das Gekeife der alten Weiber. Als am nächsten Tag sensationslüsterne Paparazzi durch die Gassen streichen, sie müssen das Unglück riechen, hat er sich bereits still und leise verdrückt.

In seinem Notizbuch, in dem er alles, was er sich merken will, notiert, stapeln sich, neben wichtigen Terminen und Geburtsdaten von Verwandten und Freunden, Witze und Zoten nach Inhalt geordnet. Er schreibt, alles was er wiederverwerten will, auf, denn sein Gehirn ist löchrig geworden und einmal Versickertes lässt sich schwer wiederfinden. Er klaubt Almosen von der Straße, schnappt im Vorbeigehen einzelne Gesprächsfetzen auf, die er sofort in seinem Büchlein abspeichert. Sein Kopf taugt schon lange nicht mehr als Registratur. Er benützt jetzt diese Art von Kartei und an Wochenenden, wenn er nicht ins Kino geht oder das Theater alle Plätze, die ihm zugestanden wären, an Fremde verkauft hat, schlägt er drin nach und überlegt, wen er damit zum Lachen bringen kann.

Viele versicherten ihm Beistand, manche feierlich, mit Tränen in den Augen, so ernst waren die Schwüre gemeint, und genauso viele ließen ihn sitzen. Ihre Versprechen lösten sich von alleine, ohne fremdes Zutun, in Luft auf.

Beethovens Klavierkonzert Nr. 5, Es-Dur, Opus 75, die genauen Daten stehen in seinem Büchlein, erlöst ihn von den Beschwerden, von der Last des Alltags, entführt ihn in die Traumwelt der Musik, in die er so gerne flüchtet.

Lang Lang, begleitet vom Orchester des Norddeutschen Rundfunks, umgarnt ihn, schützt ihn vor einer Depression und vor unnötigem Selbstmitleid. Bei manchen Notizen hat er, so wie bei dieser, ein Sternchen an den Rand gemalt, und das macht sich hin und wieder bezahlt. Das Schicksal soll ja auch in den Sternen stehn, oder in der Hand, wenn man es lesen kann.

Man ist nett zueinander, schmeißt mit Komplimenten herum, als wären sie Beschlüsse politischer Gremien, Federbälle oder Trinkgelder. Hoch oben in der Zirkuskuppel hat sich ein Knäuel aus Menschenleibern gebildet. Von dort hustet der Fänger seine Partnerin ins Netz, damit fängt man keine Fische, das hat er nicht gewollt. Sie sind nett zu ihm, seilen ihn ab – das hätte er schon längst tun sollen –, bringen ihn zur Krankenstation. Die Artistin schwingt sich mit einem eleganten Salto zum Boden hinunter. Sie ist unverletzt. Er hustet in großen Stücken, hustet tragisch, ringt nach Luft, hustet sich zu Tode. Jedes Mal, bei jedem Huster, springt der Sargdeckel wie bei einer Kuckucksuhr auf und jedes Mal keucht er: Zu spät!

Man ist nett zu ihm, hat ihm eine Kranzschleife als Krawatte umgebunden. Der dumme August fuhr sich zuschanden. Ach, das ist bloß eine Schramme, eine Bagatelle.

Artist oder Dompteur? Welchen Beruf hätte er ergreifen sollen? Er war arbeitslos. Der Zirkus suchte einen Clown und er griff dankbar zu. An und für sich ist das Rätsel Leben genug Zirkus. Er mag Rätsel.

Am Sphinxmontag warten alle auf Klimts Kuss. Da sind sie grad auf Urlaub. Eine Woche? Wie schade! Man ist nett zueinander, ohne einen Termin zu fixieren. Ich muss noch meine Frau fragen! So wird das nie was, aber das wissen sie beide.

Wann ist das Verlangen, in dich hineinzuhorchen, so groß, dass du ihm nachgibst? Wenn du im Märchenwald ganz allein auf einer Bank sitzt? Wenn du vom Strand aus die Weite des Horizonts, dort wo sich Himmel und Erde zu einem kleinen Plausch einfinden, ausmisst? Wenn das Säuseln des Windes, der freche Möwenschrei, das Vogelgezwitscher alles ist, was die Natur preisgibt? Du brauchst dich nur in aller Ruhe sammeln, dann nimmst du all diese Geräusche wahr.

Hör auf dein Herz. Sobald dein Puls anklopft, wirst du im selben Augenblick deine beinahe verkümmerte innere Stimme wahrnehmen. Halte mit eiserner Hand den Augenblick, der sich wie eine Schlange windet und glitschig wie ein Fisch entfliehen will, fest. Wenn du bemerkst, dass es der falsche ist, dann lass ihn frei. Ein falscher hilft dir nicht.

Friedrichs Ratschläge gehören keiner Partei an.

Kann man sich dem ICH entziehn, indem man den Geist wie einen Kübel voll Wasser ausleert, den Kopf zur Seite neigt, um den letzten Tropfen, wie bei einem geschlachteten Lamm, ausbluten zu lassen. Die Liebe trägt ein Totenhemd und wenn sie kein Kuss ins Leben zurückholt, ist sie am Sterben.

Dramatisch stellt er diese Szene auf die Bühne. Was regst du dich auf, sagt Anna. Die Niedergeschlagenheit sitzt dem Schalk gegenüber, nicht im Nacken.

Es gibt Tage, da mag er sich selber nicht. Schon am Morgen hält ihm ein alter Mann mit müdem Gesichtsausdruck sein abgenütztes Gebiss entgegen, deutet auf Tränensäcke, das Doppelkinn, die Krähenfüße, das graue Haar. Zeig ihm die Zunge! Er streckt sie heraus, wie die Fahne am Staatsfeiertag aus der Dachluke. Drei, vier Tage soll das Fleisch abhängen, dann ist es bereit für eine Todsünde. Das Radio spielt sich wie ein Orchester auf, spült Tantiemen auf das Konto des Dirigenten, das ist der Herr mit dem Zauberstab, mit der Zigarette im Mundwinkel, eine Rauchschwalbe. Am Würstlstand, Krainer scharf, die Papptasse in den Abfallkübel geworfen. Der Automat filtert eine braune Brühe, die zumindest wie Kaffee riecht, und füllt damit eine Tasse. Sind noch alle im Schrank? Es gibt solche Tage. Wenn sie sich präzise und rechtzeitig ankündigen würden, könnte man sie weglassen.

Sibylle Lewitscharoff weist auf das Wesen und die Wichtigkeit des Namens hin. Das Glück hat einen Namen: Glück! Warum meidet es ihn? Es versteckt sich im Fahrwasser des Alltags, in den Wellen, die links und rechts ans Ufer laufen, bis die Wasserfläche wieder spiegelglatt in der Sonne glänzt und so tut, als wäre nichts vorgefallen. Das Glück kann schwimmen, tauchen, reiten, tanzen, singen oder stellt sich für alle sichtbar vorne hin. Aber wenn er dabei ist, benützt es eine Tarnkappe. Das Glück steht auf seiner elendslangen Wunschliste, auf seinem Einkaufszettel. Er ließ sich spiegelverkehrt, damit er es richtig lesen kann, wenn er dem Spiegel den Rücken zukehrt, GLÜCK auf den Rücken tätowieren. Er schläft mit offenen Augen, ist jederzeit bereit, ihm eine Heimstatt, Tisch und Bett anzubieten. Er hat es gelockt, auf Knien angefleht, aber scheinbar hat es für ihn nichts übrig. Er hört die Flöhe husten, sie müssen krank sein.

Historische Zahlen vermögen ihm die Welt nicht zu erklären, nur wann sich was ereignet hat, möchte er dann doch wissen. Wenn es nach ihm geht, sind Zahlen unverzichtbar für die Mengenangaben bei Kochrezepten, für die Uhrzeit und damit für Garzeiten. An Mathematik findet er nichts romantisch, er schwärmt nicht dafür, er verliebt sich nicht in Zahlen, er braucht die Aura einer Frau. Mathematik und Geschichte kämpfen händeringend um die Wahrheit von Zahlen. Mathematik und Philosophie drehten sich im Wiener Kreis. Friedrich ist nie bewusst gewesen, wie viele Wissenschaftler von Weltruhm in der Zeit von 1930 bis 1938 in Wien lebten oder zumindest enge Verbindungen hierher pflegten. Unfassbar, welch geistiges Konvolut, welche Eliten zerstört oder einfach vertrieben wurden.

Die Gründung eines „Ordens für nicht Beweisbares“, den er gerne als Gegenpol zur Wissenschaft sehen möchte, ist überfällig. Die Konstituierung würde er gerne einer staatlichen oder kirchlichen Organisation überlassen, welche bestimmt nach der ersten Sitzung den Nachweis erbringen wird, dass die Lüge nicht beweisbar ist. Metaphysik – Ethik – Moral. Der Wiener Kreis sagte – oder sagte er das gar nicht? –, nach Schuld oder Unschuld ist nicht zu fragen! Solange man Friedrich, und sei es nur theoretisch, nicht nachweisen kann, dass er von der Sache nichts versteht, besitzt er allein das Recht, sich darüber lustig zu machen.

Die geschotterte Piste mit ihren unzähligen Schlaglöchern hat ihn ordentlich durchgerüttelt, der Wagen ist grau vom aufgewirbelten Staub. Seine Gedanken stecken noch immer zwischen den Seiten der Bücher, die er in den vergangenen Wochen gelesen hat. Er ist aufgewühlt, erschüttert von der Ungerechtigkeit des Lebens, schwankt zwischen Fassungslosigkeit und Zorn. Die Welt besitzt viele Gesichter und wenn einige dem eben offenbarten ähnlich schauen, dann gute Nacht. Wie viele hat sie noch in petto? In Damaskus hatte ihm einst ein junger Mann erklärt, es sei bemerkt, dass er Alawit war, die Welt, wie wir sie heute wahrnehmen, ist geteilt in eine Welt mit Religion aber ohne Verstand und in eine Welt mit Verstand aber ohne Religion.

Hielt sie Amors Pfeile im Köcher bereit oder lagerte das Haupt der Medusa in einem Glaskasten? Befanden sich in Steinhaus, am Spiegelgrund, unter dem Mantel des Schweigens noch einmal 700 in Spiritus gelegte Präparate aus der Sammlung der Doktoren Ernst Illing und Heinrich Gross? Hinter den Fassaden dieser „netten Kinderärzte" steckten brauchbare Mörder. Wo sind die Richter von damals, wer waren, wer sind sie? Er würde sie so gerne leiden sehen, würde so gerne in ihre verzweifelten, schmerzverzerrten Gesichter starren, wenn sie ihre eigenen Kinder in diesen Behältern entdeckten. Aug um Aug? Nein. Nicht nur der Krieg ist voll Grauen. Aber wie grausam waren jene, die unbeeindruckt von Gewalt und Leiden das Feuer entfachten, es schürten, den Gashahn aufdrehten und Seife kochten? Ihm wird schlecht. Er holt sich die Schnapsflasche aus der Mini-Bar, verzichtet auf ein Glas, setzt die Flasche an den Mund und nimmt einen herzhaften Schluck.

Das Hotel liegt in einem Olivenhain. Vor seinem Zimmerfenster spannt sich das Meer bis zum Horizont, schwappte achtzig Meter entfernt, sanft, mit weißen Schaumkronen an den Strand, krabbelte den Sand hinauf und floss wieder zurück. Es holt aus, dachte er, es nimmt Anlauf. Wenn es genug Schwung aufbaut, springt es zum Fenster herein. Auf der Terrasse unter gelben Sonnenschirmen war für das Abendessen gedeckt. Er dachte an eine Zahnbrasse, auf dem Holzkohlenrost gegrillt, filetiert, serviert mit

Olivenöl, Salz und Pfeffer. Dazu den hier üblichen Weißwein und dieses herrliche Weißbrot, das er vom Vorjahr noch in bester Erinnerung hat. Hier, so hofft er, wird er wieder auf andere Gedanken kommen. Er muss seinen Kopf von den deprimierenden Eindrücken der jüngeren Vergangenheit rein waschen, sein Kopf muss frei werden, frei für Neues. Von ihm aus für eine neue Liebe.

Dir fehlt der Blick für das Wesentliche. Annas Stimme ist sachlich kühl. Du schlitterst einfach dran vorbei, streifst knapp die Randfiguren, die unwichtig sind, aber den Kern, den Sinn der Sache erkennst du wieder einmal nicht, weil du ihn entweder nicht siehst oder nicht sehen willst. Sie untersteht sich, traut sich tatsächlich, ihm das ins Gesicht zu schleudern. Anna! Sie meint es gut mit ihm, will ihn drauf aufmerksam machen, dass er was verbockt hat. Du musst der Wahrheit die Stirne bieten, du kannst nicht vor ihr weglaufen. Er ist verstört, beleidigt. Auf einen Angriff von ihrer Seite, frontal, mitten in seine Eitelkeit hinein, ist er nicht vorbereitet. Sonst ist er nicht auf den Mund gefallen, pariert elegant in den Knien federnd jede Finte, jetzt ist er erst einmal sprachlos. Will sie eine Beziehung, die bereits eine kleine Ewigkeit funktioniert, kappen, mit spitzer Zunge abschneiden? Ohne triftigen Grund schmeißt sie ihm das nicht an den Kopf, sie meint es gut. Diese Wahrheit, diesen Makel hatte er doch schon immer. Er fühlt, dass das kein Affront, kein Angriff auf seine Person ist. Fürs Erste schweigt er und das ist besser so. Was erkennt er nicht, hat er jemanden verletzt, hat er mit einer unbedachten, ätzenden Äußerung jemand beleidigt? Das kommt leicht vor, das gelingt ihm häufig. Mit dem Dackelblick ist er meist erfolgreich. So bittet er um Entschuldigung, will ein Pflaster auf die Wunden kleben. Wenn er es recht bedenkt, müssen Personen, die über Jahrzehnte mit ihm zu tun hatten, mit Narben übersät sein. Florettfechter, Boxer, Untergrundkämpfer schauen so aus. Man hat es nicht leicht mit ihm. Wenn er nachgedacht, sich beruhigt hat, wird er dem Hinweis – oder war das eine Anschuldigung? – nachgehen. Der Verdauungsvorgang ist eingeleitet. Er hat ein loses Maul, er kann ordentlich austeilen, das tut er gerne. Er kann auch was einstecken, das aber ungern. Doch seine Schwachstellen aufdecken, mit den Fingern in seinen Wunden rühren, das erlaubt er nur wenigen.

Dieses oberflächliche Geplapper ermüdet und erstickt nach kurzer Zeit sein Interesse. Was haben diese Menschen, außer ihrer eigenen Wichtigkeit, im Kopf? Es bringt nichts, es hat keinen Sinn, darüber nachzudenken. Ja, sagt er, ich rege mich nur unnötig auf, ich kann die Welt nicht verändern. Wenn er über alles im Leben klagt, muss es früher oder später zur Anklage kommen. Er darf nicht alles auf die leichte Schulter nehmen. Die Fensterscheiben müssen klar geputzt sein, sonst gleicht die Welt einem Regentag.

Wir müssen uns unbedingt wiedersehn. Besuchen Sie mich. Wir könnten gemeinsam die herrliche Aussicht von meiner Terrasse genießen oder essen gehen. Ich möchte, dass wir dieses Gespräch bald fortsetzen. Sie müssen mir das fertig erzählen, diese Geschichte ist hochinteressant, unglaublich, was Sie durchgemacht haben. Wie wär's morgen mit einer Runde Golf? Ich bin zweimal in der Woche auf dem Platz, frische Luft, Kraft tanken fürs Geschäft, Sie kennen das. Sie spielen nicht? Das habe ich nicht gewusst. Doch nicht wegen diesem blöden Witz: Wir haben noch … Ah, Sie spielen Schach. Habe ich früher auch einmal, ist lange her. Ich wäre kein Gegner für Sie. Nein. Sie würden mich wegfegen. Wissen Sie was, wir treffen uns morgen um zehn auf ein Glas Wein, oder einen Kaffee? Ich lade Sie ein. Morgen können Sie nicht? Schade.

Es wird sich bestimmt eine Gelegenheit ergeben. Es hat mich sehr gefreut.

Ein Schwall von Nettigkeiten wurde ausgetauscht, Höflichkeitsfloskeln, Phrasen, leere Hülsen bedient. Ein gegenseitiges Abtasten, in der Hoffnung, dass es nicht ernst gemeint ist und der andere alle Avancen ablehnen wird. Der andere kennt sich aus, beide kennen dieses Spiel. Deshalb ist es egal, wer damit begonnen hat, es macht keinen Unterschied. Da ist nichts Falsches dran, sie kennen es nicht anders. Haben Sie wirklich keine Zeit? Das tut mir aufrichtig leid. Es ist eine lange Liste, nichts sagend, nichts aussagend.

Nichts deutete auf eine Verabredung hin, in ihren Terminkalendern waren die Seiten leer, und dennoch haben sie jetzt Zeit füreinander. Beide haben jetzt ihre Ruhe gefunden, liegen nebeneinander am Friedhof und prahlen jeden Tag, wie wichtig sie gewesen sind. Köpfen jeden Abend eine Flasche Chambolle und lassen die Sau raus! Man muss es nur erwarten können.

Der Wind weht ein Kalenderblatt auf seinen Schreibtisch. Dort liegt es und wartet, welkt unbeachtet dahin, wartet umsonst. Es zahlt sich nicht aus, zu warten, aber es wartet. Eine Woche, zwei. Bis es im Papierkorb landet.

Es findet sich nicht immer der richtige Zeitpunkt. Man möchte zwar, aber jetzt ist es grade nicht genehm. Friedrich nimmt sich aus, er ist eine Ausnahme, ihm steht dieses Privileg zu. Er fischt, ohne lange zu faseln, Sätze, die ihm gefallen, aus einem Text heraus, er stiehlt sie ganz einfach. Ob das denen passt oder nicht, ist ihm wurscht. Er schiebt sie zwischen die Zeilen, fügt sie nach Belieben ein, frech, für alle sichtbar, bläht voll Stolz über diese Cleverness seinen Brustkorb, plustert sich auf wie ein Hahn, wie ein Muskelprotz, der vor dem Spiegel für die Show übt. Ein Schwächling sei er. Dagegen protestiert er heftig.

Damals, als der Regen, nicht sehr weit von ihm entfernt, zu reden begann, besann er sich auf den Ursprung und zerstörte die gebräuchlichen Redensarten. Der Fluss schwoll zu einem mächtigen Tosen, der Bach verströmte Melancholie. In seinem Bauch und in seinen Ohren setzten sich diese Gewalten fort. Hinter dem Hosenriemen eingepfercht klebte ein feuchtes Hemd.

Die Klofrau hörte ihm aufmerksam zu, weil sein Trinkgeld bestechend war, und staunte über den Unsinn, den er so überzeugend von sich gab. Liebe mal eins. Die Bügelfalten erwarteten unterwürfig das Bügeleisen. Es zischte, und sie waren befriedigt. Dann ließ er den Bügelfalter fliegen und er war bunt. Ihm fiel der Witz mit den Mottenkugeln ein. Ein Mann kommt in eine Drogerie und kauft ein Kilogramm Mottenkugeln. Am nächsten Tag erscheint er wieder und kauft zwei Kilo. Als er am Tag darauf dieselbe Menge verlangt, kann sich der Verkäufer nicht zurückhalten und fragt: Wirken unsere Kugeln nicht? Und der Mann entgegnet: Oh, sicher, bestens, tadellos. Aber es dauert, bis man die Viecher trifft!

Wenn alle seine Liebsten „Liebste“ hießen, wenn sie sich nur mit ihm fotografieren ließen. Er würde viele, viele Mascherl und Krawatten brauchen, um aus dem Einerlei als Farbtupf aufzutauchen. Und der Regen redete seine Schuhsohlen weich, segnete sein Haar, rann unter seinem Hemd bis zur Leibeshälfte, der sogenannten Gürtelbarriere. Dort zeigte er seinen Pass vor und verschwand für immer. Es geschah zum ersten Mal, dass er erlebte, wie jemand Gutes tat.

Der Friseur ist sein Beichtvater, sein Ratgeber, sein Intimus. Über alles, was in der Zeitung steht, was ihnen zugetragen wird, was sie im Vorbeigehn aufschnappen, wird beim Haarschnitt diskutiert. Frauen, die regelmäßig die Pille nehmen, ich habe das erst gestern im Radio gehört, ersparen dem dadurch verhinderten Nachwuchs die bittere Pille des Lebens. Wie feiner Sand sickert die Feinheit solcher Blödheiten ins Ohr. Da ist zweifellos der Wurm drinnen. Und das war kein Hörfehler? Haare Krishna, grinste der Friseur, das ist ein Hörfehler. Als Entschädigung für die nicht beantwortete Frage, ob man auf halbem Weg zur Mahlzeit verhungern kann, möchte er wissen, ob man in Zukunft in Halbpension geschickt wird. Wird man zum Halbpensionisten degradiert, Rentner für einen halbierten Hungerlohn? Ein Halbpensionat für Buben und Mädchen, geteiltes Leid bleibt immer noch ein hartes Stück Brot. Verbrüdern sich Schwestern, Krankenschwestern, Ordensschwestern? Gibt es Geschwisterzank zu Haus in Habsburg? Verschwistern muss eine Krankheit sein. Sie mähen die Wiese, dass der Geifer nur so spritzt. Da bleibt keiner, egal wo er in Ihrer Hierarchie angesiedelt ist, von Ihren Sticheleien, Ihrer Bosheit verschont. Und zwischendurch fällt die Frage: Kennen Sie *den* schon?

Nicht alles, was glänzt, ist eine Münze, und wegen eines blechernen Uniformknopfs würde er sich nicht bücken. Glauben Sie mir, ich lüge nicht.

Das Wechselspiel des Lebens schreibt keine Monologe, es schreibt für Menschen. Beschreibt, erfindet, betrügt, gefällt sich in Schimpftiraden, die erst enden, wenn ihnen die Luft ausgeht. Lass dir nicht alles gefallen. Es schiebt dir Dinge in die Schuhe, die du nicht brauchst: Hühneraugen, Druckstellen, Blasen.

Stell dir das Leben als Bühne vor, auf der du dein Debüt gibst. Der Vorhang hebt sich, durch die Fenster der Gebärklinik dringt Straßenlärm. Man beschützt dich, so gut es geht, vor Unheil, aber man ist nicht immer zur Stelle und deshalb wirst du älter. Doch weil Alter nicht vor Dummheit schützt, bleibt dir nicht erspart, selber Dummheiten zu begehen. Du heiratest, um versorgt zu sein.

(Das ist auszuklammern.) Sagen wir, du schlägst dich durch. Du besuchst Büchereien und Buchhandlungen, studierst Romanfiguren, Geschichten, mokierst dich über Kleinigkeiten, übersiehst großzügig deine eigenen und die Fehler deiner Helden, bist ungerecht und predigst Gerechtigkeit. Wenn du die Bücherregale global umfassen willst, brauchst du Zeit, Geduld, Verständnis und lange Arme. Sammle überall, wo sich Gelegenheit bietet, die von Autoren gewebten Stoffe, arbeite dich durch die Muster und bewundere ihre Farben. Der Klang einer Melodie verändert sich, wenn Könner diese schwarzen, auf waagrechten Linien montierten Pünktchen zum Leuchten bringen. Sie zwingen dich, aufmerksam zu lauschen, zuzuhören. Freue dich einfach.

Nach einem Krieg ist nichts mehr so, wie es vorher war. Quer durch Familien schleicht sich das Misstrauen, drängt sich zwischen Freunde, ethnische Gruppen, benachbarte Dörfer. Es wird jedes Mal so viel Porzellan zerschlagen, dass der entstandene Hass nicht so ohne Weiteres wieder abserviert werden kann. Die Politik schickt den Einberufungsbefehl und verdammt Männer zu Soldaten. An die Front, heißt es. Wir, die demokratisch gewählten Vertreter des Staates, überreichen euch hiermit die Lizenz zum Töten. Ihr dürft unsere Interessen vertreten und, wenn es sein muss, fürs Vaterland sterben. Was wollt ihr mehr! Warum sollen wir die Bodenschätze ihres Landes nicht selber nützen, warum sollen wir für ihren Besitz, für ihr Öl, für ihr Gas zahlen, wenn wir das Gebiet erobern können? Spart euch eure Kritik. Beim Sterben wird niemand bevorzugt. Freut euch lieber, wir spendieren euch die so oft eingemahnte Gleichberechtigung.

Und, was ändert diese Gewalt? Nichts! Ein bösartiges Geschwür wächst am selben Ort oder woanders wieder nach. Rachedurst ist schwerer zu stillen als Hunger.

Der Krieg verroht die Menschen. Ob Sieger oder Verlierer, egal auf welcher Seite sie sich nachher finden, er wirft sie aus der Bahn und hinterlässt gestörte, demoralisierte, traumatisierte, bis zur Unkenntlichkeit entstellte „Kriegsversehrte", Vergewaltigte, Gefolterte. Ein zerfleischtes, entblößtes Leben, wenn man es noch als solches bezeichnen kann. Das Land vergiftet, mit Tretminen übersät, für lange Zeit unbrauchbar. Was scheren uns die Menschen. Wir streben nach der Macht, und wenn wir sie nicht anders bekommen, müssen wir das Land mit Krieg überziehen, zerbomben, verbrennen, verminen, bis es für lange Zeit wertlos und unbrauchbar ist. Aber dafür gehört es uns. Uns? Die Politik steht im Grundbuch! Sie hat sich geopfert.

Schaut hin, seht ihr sie leiden? Ich bin untröstlich.

Wenn er darüber schreibt, ein Blatt mit Krieg besudelt, merkt er, wie abgestumpft er bereits ist. Zu oft, hundertmal am Tag werden im Fernsehen Bilder von Kriegsschauplätzen gezeigt. Die Gefahr, weit entfernt, der Reporter wohnt im Hotel. Der Botschaftssekretär ruft ihn an, wenn Sie bleiben wollen, bitte, dann bleiben Sie, aber wir übernehmen keine Verantwortung. Für die Sensation, für ein Foto, das um die Welt geht, riskiert er sein Leben. In einer Drei-Minuten-Sequenz berichtet er über das Sterben der Bevölkerung, beschreibt die Vernichtung von materiellen Werten. Diese Nachrichten konsumieren wir inzwischen so emotionslos wie den Wetterbericht. Wen regen Bilder von verwundeten Kindern, von zerfetzten Leichen, von überfüllten Flüchtlingslagern noch auf. Er füllt einen Erlagschein aus, Caritas, Rotes Kreuz, Menschen in Not, spendet großzügig fünfzig Euro, das beruhigt. Er schaltet den Fernseher aus, ordnet seine Gefühle, überprüft sein Denkvermögen, denkt an morgen, denkt an seine Familie, denkt, wenn sie sich unbedingt den Schädel einschlagen müssen, bitte, sollen sie. Er kann es ohnehin nicht verhindern.

Solche Gedanken duldet er nicht in der Nähe. Er schiebt sie weg, weit weg, bis sie nur noch als winzige Punkte erkennbar sind. Madame Weis(s)weiler mit Hund Rot(t) weiler? Blinde Augen. Picasso, Cocteau, der Stierkampf. Wer soll das alles verstehn. Und Jean Marais, ein Leben für die Leidenschaft. Da gabs kaum einen, dessen Augen nicht die Schönheit sahen und den die Intelligenz nicht blendete.

Der Tod mäht, bevor das Wachstum beendet ist, schneidet gefühllos und ohne System, wie es ihm gefällt. Fragen interessieren ihn nicht. Zwischen zwei von der Politik angezettelten Weltkriegen wiederholte man für den „Normalsterblichen" bei freiem Eintritt das Stück Arbeitslos, Hunger, Entbehrung, ein Drama in drei Akten. Und die Welt schaute zu, ließ zu, dass sich Menschen bekämpften. Die Hetzer, Machtmenschen und Politiker, begaben sich nie in die Gefahrenzone. Kollegen, Nachbarn, Freunde, verwandt, verschwägert, verglühten, verbrannten. Der Rauch ließ die Augen tränen, die Traurigkeit drückt ihn nieder. Traf die Kugel einen Schuldigen? Keine Leiche ist schön. Das gilt auch für diese.

Er ist abgelenkt. Das Fernsehbild zeigt den Direktor der Caritas. Was hat das mit dem Kriegsende, mit 1945 zu tun? Nichts! Und es macht diesen Wust von Bildern nicht bekömmlicher.

Das große Fressen blickt auf den Teller, stochert nervös zwischen den Zähnen des Oberkiefers. Was steckt dahinter?

Die nächste Frage drängt sich mit geschickt eingesetzter Ellbogentechnik vor und stellt sich breitbeinig in den Weg: Wie wahr ist Geschichtsschreibung?

Aus der dünnen Haut der Erdkruste herausgekrochen, blickt sich die Politik nach allen Seiten um: Schon wieder die Grenze zwischen Polen und Sachsen verschoben?

Politik ist Geschichte in Aktion. Wann immer Politik die Hände im Spiel hatte, wurde die Geschichte verfälscht. Eleganter umschreibt das Wort „geschönt“ den Betrug. Das hat sich inzwischen von selbst erledigt. Heute trägt die Politik eine Maske, vermeidet, wohl wissend warum, die Worte ja und nein, agiert mit gefälschten Papieren, ist im Vorhinein so falsch, dass sie im Nachhinein, wenn sie in die Geschichte eingegangen ist, nicht mehr geändert werden muss. Aber, so hat sich Friedrich oft gefragt, vergeht die Zeit heute wirklich schneller, müssen die Uhren neu konstruiert, dieser neuen Zeit angepasst werden? Ihre Spur verliert sich nicht im Sand. Die Geschichte verfolgt sie, übersetzt und beschreibt Jahrtausende in einer Sprache, die auch unsere Nachkommen verstehen können.

Wenn die Geschichte später von einem klugen, erfolgreichen Zeitgeschichtler noch einmal manipuliert wird, ist sie echt. Ja, ja. Fragen Sie ruhig. Auch Friedrich bedient sich solcher Krücken. Warum nicht! Er nennt das vorausschauende Politik. Aber die gibt es in Wirklichkeit nicht. Schade!

Vierzehn Tage hatte er den anstehenden Besuch bei seiner leicht dementen Tante hinausschieben können. Sie erkennt mich sowieso nicht mehr. Aber Anna hatte darauf bestanden. Sie hatte angerufen, um fünf Uhr wäre es ihr angenehm.

Da saßen sie nun vor ihm, diese alten Schachteln. Falten im Gesicht, Hängebrüste, Beine wie Spazierstöcke, mit Bäuchen, als würde demnächst ihre Niederkunft bevorstehen. Und mittendrin, mit schicker Frisur wie früher, Tante Frieda. Sie warteten geduldig auf den Transport zum Friedhof. Die Versicherung, dass man sie nicht vergessen würde, wirkte wie eine Beruhigungsspritze. Man würde sie abholen, wie sie früher vom Kindergarten abgeholt worden waren. Für Sie mag der Tod was Schreckliches sein, aber nicht für diese Damen aus dem Altenheim Bernauer-Straße 117. Sie wussten, dass es zu Ende ging. Sie hatten ein langes, von Glück und Zufriedenheit genauso wie von Sorgen ausgefülltes Leben hinter sich. Sie kannten ihre Plätze am Friedhof. Die einen werden zur nicht immer geliebten Familie übersiedeln, Hilde wird man zu ihrem vor fünfundzwanzig Jahren verstorbenen Mann ins Grab legen. Er war ein Säufer und ein Schwerenöter gewesen, aber das ging nur sie was an, und weil sie ihn so viele Jahre überleben durfte, hatte sie ihm verziehn. Josefine, von allen Pepi gerufen, und ihre Freundin Marianne wünschten sich eine gemeinsame Urne. Ihr Neffe, dem sie die Wohnung vermachen wird, war einverstanden, dass die Urne auf der Biedermeier-Kommode im Wohnzimmer, wo jetzt eine französische Uhr mit Schlagwerk und einem goldenen Engel stand, einen Ehrenplatz erhalten solle. Geschart um den großen Fernsehapparat im Aufenthaltsraum verfolgten sie mit klopfenden Herzen und beschleunigtem Puls den Film „Der dünne Mann“. Der liebenswürdige Charmeur Nick Charles und sein niedlicher Hund hatten es ihnen angetan. Sie hätten gerne die Verantwortung für ein Haustier übernommen, aber die Heimleitung hatte dieses Ansinnen, ohne lange zu diskutieren, abgewiesen. Nur Minna durfte ihren bald vierzig Jahre alten Ara behalten und er begrüßte inzwischen jede von ihnen mit ihrem Namen.

Dashiell Hammett ließ sie die Welt vergessen. Friedrich war Luft für sie. Zweimal schon hatte Schwester Ilse zum Abendessen gebeten. Die Versammlung ignorierte die Einladung. Nicht jetzt, später. Wenn das Essen nicht warten konnte, würde man es kalt zu sich nehmen oder verzichten. Dieser Film weckte Erinnerungen an ihre Jugendzeit. 1934. Die Filme mit William Powell waren bei ihnen erst nach dem Krieg gezeigt worden. Die Jugend heute verstand das nicht.

Der Besuch war als Alibihandlung zu verstehen. Das Personal hatte Friedrichs Anwesenheit zur Kenntnis genommen und das schlechte Gewissen seiner pflichtbewussten Anna wird heute Nacht beruhigt schlafen.

Der Physiker besteht auf seinen Superlativen: Nur er erzielt die höchste Beschleunigung, nur er denkt auf höchstem Niveau, nur er hat den kleinsten Penis, ein Konstruktionsfehler der Natur, aber so denkt er. Wenn er Anna verarschen will, sagt er ganz ernst, siehst du, das ist Wissenschaft.

Ein Kuss, das hat ihm ein Kriminalist erklärt, ist kein Tatort. Küsser kehren nur selten zu fremden Lippen zurück. Kiss me baby, sagt er. Dahinter vermutet er keinen Kindesmissbrauch. Küssern legt man keine Fußfessel an.

Die Uhr schlägt eins, die Geisterstunde schlägt als Ersatz für den Gong auf einen Tonkrug. Peter Ustinovs Humor äußert sich in folgendem Zitat: Wir alten Männer sind gefährlich, weil wir keine Angst vor der Zukunft haben. Diese Antwort verschlägt der Interviewerin kurz die Sprache und hilft Friedrich beim Einschlafen.

Es musste ein seltsam beunruhigendes Geräusch gewesen sein, das ihn, aus dem Schlaf aufgescheucht, „tramhapert“ durchs Zimmer tappen ließ. Er sah den Spiegel über dem Waschbecken, der matt das Licht der vom Mond angeleuchteten Fenster reflektierte. Er konnte nicht sagen, warum er die Hand hob und wieder sinken ließ und warum er nicht einfach den Lichtschalter betätigte. In diesem Halbdunkel, mit dem die Nacht das Inventar einhüllte, geisterte er umher, einem Schlafwandler gleich, der, vom Vollmond angezogen, ungestört über Dachfirste wandelt, den heulenden Wölfen zum Trotz, trittsicher wie ein gelernter Dachdecker über die Dächer gleitet. Und dann geschah, dass er mit dem rechten Beckenknochen an den Rand der Waschmuschel stieß und der Schmerz ihn zurückholte. Die Lampe blendete, der kalte Guss aus dem Wasserhahn öffnete die Augen. Der Kalender neben der Tür zeigte den Geburtstag seines Freundes an, auf den er vergessen hatte. Jetzt, mitten in der Nacht, konnte er ihn nicht gut anrufen, um ihm mitzuteilen, dass er grade vom Dach gefallen wäre, aber unverletzt sei. Gleich nach dem Frühstück, wenn er von den nächtlichen Strapazen erholt wieder über alle seine Sinne verfügen würde, wollte er die Gratulation nachholen.

Tief in der Erde, im Zwielicht der Geisterwelt, schürft ein Bergwerk nach Erkenntnissen, festigt den Unterbau, das Fundament unserer Existenz. Wir schießen Botschaften ins All, haben keine Ahnung, ob da draußen Lebewesen umherirren, die unsere Sprache verstehen, unsere Nachrichten entziffern können. Und wenn sie es dann geschafft haben, wird die Welt sich in ihrer Eitelkeit noch drehen? Oder ist sie ausgehöhlt, implodiert, ein schwarzes Loch, ins Messer gestürzt?

Der Märchenerzähler gönnt sich eine Pause. Die grünen Männchen haben in dieser schattenlosen Welt ein Netzwerk installiert, haben unter der Erde Häuser errichtet, in denen sie ihre Weibchen erwarten. Reihenhäuser, aneinandergestellte Schachteln aus der silberbeschichteten Haut von Netzflüglern. Grenzenlos schwebt die Phantasie über dem Unbekannten. Jedoch das Wissen um ihre Existenz lebt in den Erzählungen weiter. Demnächst will Friedrich diese Gebäude fotografieren und damit die Architekturgeschichte zwar nicht auf den Kopf stellen, aber vervollständigen. Sind das nicht große, die Welt bewegende Gedanken? So ein Blödsinn.

Die Sonne zeigte noch wenige Minuten ihre orangerote Badehaube, dann ging sie in einem Meer von Wolken unter. Morgen früh will er sie abpassen und zum Schwimmunterricht mitnehmen. Und am Abend werden Gläubige wie Ungläubige staunend, mit offenem Mund, in ihre Fernsehgeräte glotzen, sich durch die Haare fahren und besorgt den Kopf schütteln. Die Wissenschaft wird akzeptieren müssen, dass die Sonne nicht mehr untergeht, sie wird nie mehr im Meer versinken, weil er ihr das Schwimmen beigebracht hat. Er, der große Regisseur. Dass ich nicht lache! Andererseits? Der Kitsch einer sentimentalen Abendstimmung! Wenn die letzten Sonnenstrahlen eine Gasse durch die Baumkronen brechen, in den Wipfeln und auf weit ausgebreiteten Ästen Scherenschnitte von Krähen Platz genommen haben. Gleich fliegen sie weg, gleich wird es kühl werden. Die Welt hat sich möbliert, liegt, die Arme hinter dem Kopf verschränkt, im Himmelbett und staunt in die Nacht hinaus. Kein Meteörchen entgeht ihren wachen Antennen. Gestreift steht ihr nicht, sie weiß das, sie trägt gestreift. Der Wind schlägt die Türen zu. Der Wind, meint sie, steckt voller Gemeinheiten, er rüttelt an der blau-weiß gestreiften Markise, richtet ein Schreiben an die „von O" und erhält prompt keine Antwort. Für ihn ist das Bestätigung genug: Aliens verstehen nichts von Sex.

Die Seife ist ihm aus der Hand gerutscht und liegt am Boden. Entglitten wie etwas, das er sich merken wollte und das jetzt ebenfalls futsch ist. Das war nicht kalkuliert.

Der Zwei-Groschen-Opa bewirbt weiße Wochen, Holunder und Unsinn reifen auf Bäumen, Hochmut trinkt aus dem Wasserfall und belächelt alles, was die Väter falsch gemacht haben. Am Monitor erscheint in grünen Ziffern: Kein Bild – kein Buch – keine Bildung. Der kreative Computer schreibt ausnahmsweise die Wahrheit. Der Lügendetektor versaut, ohne mit der Wimper zu zucken, den Teppich.

Im Garten hat Friedrich ein Vogelnest entdeckt. Lange hat er gewartet, dass ein Vogel zu- oder wegfliegt. Ich verblöde nicht, ich bin es bereits. Ich habe einen Vogel. Da muss sie ihm ausnahmsweise recht geben. Andererseits gibt es bestimmt eine Menge Leute, die noch nie ein Vogelnest aus der Nähe gesehen haben. Es wird Zeit, dass sich Tiergärten dafür interessieren. Im Schädel pressen zwölf atü gegen seine Stirne. Still sitzen bleiben, keinen Finger rühren, bloß nicht denken. Denken scheint der einzige Luxus zu sein, der unmittelbar nichts kostet. Später? Ja, später, vielleicht. Ein schlechtes Gewissen hat er deshalb nicht. Dinge, die er nicht braucht, kauft er grundsätzlich nicht. Wem ein Toupet das Selbstbewusstsein auffrisiert, der wird es nicht als Luxus empfinden. Bevor es irgendwann eingemottet wird, findet sich bestimmt ein Platz in einem Forsythienstrauch oder man klemmt es in eine Astgabel. Ein Vogelnest darf mit Luxus protzen.

Am Ostersonntag ergrünte das Gras, schlugen die Kätzchen aus, erwachten die Hasen und stahlen sein Gehirn. Wie sie das anstellten, wird wohl für immer ihr Geheimnis bleiben. Am Ostermontag lieferten sie es, grün-gelb-rot-blau gefärbt, wieder ab und lächelten dabei geheimnisvoll. Er war verstört, weil es ihm nicht abgegangen war. Und jetzt, wo er es wiederhatte, kamen ihm deshalb Bedenken.

Soll man Ertrinkende aus dem Redefluss ziehen oder hilflos zurücklassen? Soll man zu Großsprechern aufschauen, sie umarmen und fragen, warum sie so ein großes Maul haben? Ihr Götter am Olymp. Von oben bis unten bekleckert und schokoladenbraun um den Mund, sitzt ihr auf Manna-Wafferln. Erhebt euch und tut uns kund, ob ihr beabsichtigt, den Schlaf der Gerechten fortzusetzen. Dann will ich gerne ein verwurzelter Baum sein, der euch Schatten spendet, bis ihn das Leben fällt. Anzahl und Dichte der Jahresringe werden vermessende Holzhändler vor eine unlösbare Aufgabe stellen. Wie Geier wird die Meute den Pathologen umkreisen, um einen Blick auf die

Seele zu erhaschen, die sie beim Lebenden nicht erkannten. Ihr Befinden und die Befunde werden niemals übereinstimmen. Den überschäumenden Sekt, die Lebensfreude der Jugend hat er abgeschöpft wie Sahne. Er genoss es, jung zu sein, so wie man jedes Alter genießen soll. Nur, manchmal fühlt er sich jetzt matt, ausgebrannt, der Ofen zieht nicht mehr so gut.

Bevor er imstande ist, Brücken einzureißen, die er später wieder überqueren müsste, schubst sie ihn in sein Kämmerlein. Heilfroh, dass der Anfall vorbei ist, taumelt er in ihre sorgenden Arme. Man sollte nicht alt werden, wenn man das Altern nicht erträgt.

Friedrichs Ego benimmt sich wie ein Hahn auf dem Misthaufen, der sich über seine schmutzigen Füße beschwert. Ein Feldherr könnte nicht besser riechen. Seine Phantasie lässt er wie einen Schmetterling durch den Tag gaukeln. Wenn er so weitermacht, wird er sein eigenes Kunstwerk, dekoriert mit einem Zigarettenspitz, einem lackierten Fingernagel, mit Speichel benetzt und wie Dalís Uhren zu einer surrealen Mondsichel gebogen. Oder am Ende nur wie ein schiefer Mund? Die Skala ist breit und bunt.

Das Trippeln der Hundepfoten am Fußboden lenkt ihn ab. Draußen nieselt es, es riecht nach Staub, nach Mai, nach Flieder. Der Hund fordert ihn zum Spaziergang auf. Friedrich ist müde, wartet, dass man ihm eine mit Energie gefüllte Schüssel vor die Nase stellt. Der Hund will, er muss ausgeführt werden. Jetzt, sofort. Deshalb rafft er sich auf, legt ihm die Halsung um, die Leine hängt griffbereit an der Tür, und hinaus in den feuchten, lauwarmen Tag.

Wenn vierzehn Urlaubstage seine Lenden stärken, sein Kopf sich ohne Gegenwehr wiegenden Hüften und strammen Ärschen nachdreht, dann muss was unternommen werden, und zwar rasch, damit es zu keinem Ehestreit kommt. Wenn das Blut mit französischem Rotwein gemischt ihn wie eine Flutwelle aushebt, dann, Brüder, eine schöne Nacht! Hinter geschlossenen Augenlidern laufen die heißesten Filme. Da grapschen die Gehirnwindungen nach steilen Brüsten, werden Nabelsenken zu Nobelschwimmbecken, da wird man Bordellbesitzer und als solcher Friedensbordellpreisträger. Kein Arm wird in einer Schlinge getragen, aus Lautsprechern tönt militärisch: Rührt euch!, und wird sofort missverstanden. Freunde! Am Sonnenstrand endet der Blick beim Bikini-Oberteil, verliert sich in Strandkörben, endet abrupt bei der Erinnerung an die eigene Frau. Tief und fest schlief Adam, als Gott sich diese vermaledeite Rippe auslieh. Gott war kein Pygmalion, aber was ihm da gelang, fand Adams Zustimmung.

Sobald die Sonne auf seine Badehose schielt und sein Hirn teuflische Streiche ausheckt, die an Verrat grenzen, bedeckt er seinen Kopf mit der Zeitung und murmelt: Weiche Satan. Man kann im hellen Sonnenlicht nicht Zeitung lesen. (Das hatte er auch nicht vor.) Die Augen zu einem schmalen Schlitz geschlossen, die Blende berechnet, um, wie er meint, die Schönheiten des Lebens unauffällig zu beobachten und im Gedächtnis abzuspeichern. Scharf für den Augenblick und am Abend schon teigig weichgezeichnet. Wenn das Essen ein Vergnügen war und der Wein purer Genuss, wundert er sich immer wieder, wie das Wunschdenken die Wirklichkeit verfälscht. Vierzehn Urlaubstage, von denen er sich nicht verabschiedet. Im Gegenteil. Er nimmt sie mit in den Alltag, den Sonntag und zu Anna. Er wird sich wie ein Gockel aufspielen, sie zum Essen ausführen, ihr die Hand küssen, dem Kellner ein zu hohes Trinkgeld zustecken. Am Heimweg wird er wie ein junger Hüpfer um sie herumscharwenzeln. Ein Striptease, eine Solovorstellung. Es gilt, keine Zeit zu verlieren. Gleich morgen will er mit der Umsetzung dieser Vorsätze beginnen. Und falls sie ihn „einen verrückten Hund" nennen würde, wird er zu bellen anfangen.

Die Hecken sind rasiert, man sieht wieder drüber. Der Golfball schwebt in der Luft, ein Jojo-Spiel. Gleich zieht er seitwärts weg wie eine Rauchschwalbe. Das Gras wird Heu, alles, was fliegen kann, tanzt zur Hochzeit. Er ist Idyll und Gärtner, bewacht Haus und Bienenwaben. Er pflanzt Paradeiserstauden, verfolgt Ameisen auf ihren Arbeitswegen. Ich bin ein Feiertag und duze mich. Lang ausgestreckt am Rücken liegend, betrachtet er ausgiebigst die Knoblauchzehen, liest Kösters spanisches Testament und beginnt, seinen Fettbauch zu verachten. Will er seine Gartenlaubenwelt für diesen Tag behalten, muss er die Lektüre wechseln. Schöner wohnen, besser leben, gesunde Kost. Jeder soll seinen Beitrag leisten, das Verständnis dafür fördern. Er wird für niemanden die Kastanien aus dem Feuer holen. Eine Flasche aus dem Keller? Das ja. Sein Hunger ist gestillt, die Gartenhecke um einen Kopf kürzer. Er klemmt eine Zwergerl-Brille auf die Nase, setzt sich auf die Bank an der Hausmauer und genießt die wärmenden Strahlen der Sonne. Ein Riese unter Gartenzwergen.

Die grauen Zellen sind blass wie der Himmel im Osten, wo sich bereits der Morgen ankündigt. Volle Aschenbecher, Weinreste in den Gläsern und leere Flaschen. Der Tonarm des Plattenspielers ist hängen geblieben und verharrt tack-tack in der letzten Rille. Anna hat sich hingelegt. Die frische Luft tut ihm gut. Er nimmt einen Schluck, trinkt auf seine Gesundheit, unterhält sich leise mit den Vögeln, die am Erwachen sind. Leise, damit ihn kein Mensch belauschen kann. An seinem Verstand zweifeln sie schon länger.

Ernst Bloch hat ihm mit einer konkreten Utopie die Kinnlade verschoben, hat ihm die Ohren ausgefranst und ihm eine Haartracht verpasst, die ihn wie einen Dinosaurier ausschauen lässt. Die Kerzen sind erloschen. Es wird Zeit, dass er sich die Zähne putzt und ebenfalls schlafen geht. Ein paar Augenblicke will er die Stimmung noch genießen. Die Nächte gehören ihm, der Kalender zählt nur die Tage. Sie geben sich die Klinke in die Hand, verrichten ihr Tagwerk. Ihre Schnapsgespräche sind keinen Fusel wert. Doch in manchen Tag hatte er sich so verliebt, dass er sich fragte, warum nicht alle so sein können. Andere wieder waren wie Vertreterbesuche, die man besser gleich an der Haustüre abwimmelt. Morgen, besser gesagt heute früh, wird er die Türschnalle sauber abwischen. Kein einziger Tag wird bei ihm übernachten.

Der Ballast, der sich im Laufe des Lebens ansammelt, konzentriert sich nicht allein auf den Kopf. Er teilt sich in Hirnschmalz und Bauchmuskulatur. Dann trägst du diesen Bauchladen vor dir her, lässt im Bedarfsfall vom Schneider einen Zwickel in die Hose einsetzen, damit sie dir beim Lachen – hast du noch was zu lachen? – nicht zu sehr auf die Blase drückt. Der Bauch, vom Volksmund „Gössermuskel" genannt, wird von allen gutgeheißen, aber das, was du in der Birne hast, kennen sie nicht. Der letzte Schliff, die letzte Hürde, im Endlauf, der Handlauf, die Vorletzten, die Verletzten, letztlich stürmt deine Zukunft durchs Ziel.

Die letzten Tage, die letzte Stunde, bis zum letzten Mann, letzte Grüße, Gebete. Ein Schiff wird kommen. Zeig ihnen, was du draufhast! Der englische Patient, ein Ungar, der große Augenblick, dein großer Auftritt, die große Chance, der letzte Tango, die letzte Zigarette, das letzte Hemd, der letzte Seufzer, der Ausflug zum Friedhof. Sie haben ein Foto von dir, sie werden dich nie vergessen.

Sein Instinkt gleicht dem eines Rehs. Er flieht vor dem Rummel, den man seinetwegen veranstaltet. Renn um dein Leben, schau dich nicht um, du brauchst nicht zu wissen, ob dir wer folgt. Er läuft durch ihm unbekannte Gassen, flieht vor dem Feuer, dem Hochwasser, er weicht den Gewalten und der Gewalt. Sein Ablaufdatum kennt er nicht. Außer Programm, außer Atem kommt er an. Er ist mit so vielen Dingen beschäftigt, überspielt sein Unbehagen, wischt es mit einer geringschätzigen Handbewegung vom Tisch.

Eine Schaufensterpuppe liegt in der Auslage, eine Nacktdarstellerin. Ein flügellahmer Käfer kriecht durchs Zimmer, sitzt vor der Glotze, wenn das nur gut geht.

Der Turm des Stephansdoms ist seit Jahren eingerüstet. Wie entsetzt wären die um den Dom Herumstehenden, wenn er vom Gerüst hinunterspringen würde. Wer wird zuerst eintreffen, die Rettung, Journalisten mit Strichlisten, das ist heuer der Dritte, ein Springling, da liegt er, wer mag das sein? Alkohol, Drogen, Tragödien. Er liebt die heilige Einfalt, liebt sie über alle Maßen, über alle Berge, mehr als die Krainer am Würstlstand.

Wie viel zahlt das Domkapitel für einen abgehetzten, verschwitzten Märtyrer? Man hat ihm eine hübsche Summe geboten, eine Brünette mit Kirschaugen und Marillen-Kompott.

Der Stein bröckelt von der Gotik, oben klammern sich Phantasiefiguren ans Dach. Auf den Rosetten des Karfiols haben sich „Clevere“ Semmelbrösel niedergelassen. Sie fauchen böse, als er unerwartet zubeißt. Für seine Heiligen steht neben der Weinflasche immer ein Glas Wasser.

Einen Brief beutelt man nicht so einfach aus dem Handgelenk. Er steckt in der Patsche. Sein Kopf liegt beim Zoll, er würde nachgeliefert, sagten die vom Flughafen. Pflichten, die er sich selber auferlegt, will er unbedingt erfüllen. Worüber soll er denn schreiben, was hat einer, der halbe Tage am Fenster vertrödelt, denn zu berichten. Hätte er eine Sternschnuppe mit dem Löffel aufgefangen, wäre er wie Batman durch die Schluchten des Wienerwalds gesegelt oder in die Gefangenschaft des Meisel-Marktes geraten, hätte er gewiss allerhand zu erzählen.

Vor vier Monaten, Weihnachten in Trostlosigkeit ertränkt, hatte er wieder einmal dran gedacht und sich aufgerafft. Sein Schuldgefühl, das schlechte Gewissen hatte ihn aufgefordert, ein halber Tag ging drauf.

Der Brief war ein Meisterwerk. Zwölf Zeilen und herzliche Grüße. Er hätte der Briefmarke ihren Stammplatz vermiesen sollen, vielleicht wäre sie im Postkasten vom Glauben abgefallen, hätte den Adressplatz verlassen und die suizidgefährdeten Schnörkel wären in einer Nervenklinik gelandet.

Er brütete wie die Henne im Nest. Guter Rat war teuer. Er wollte keinen kaufen. Das Ei fiel zu Boden und brach sich den Knöchel. Er blieb, stur wie er war, sitzen und zeigte auf seinen wunderschönen Brief: Ein Meisterwerk!

Sein Hirn und sein Herz, zwei Lotterbuben, Nestflüchtlinge, flattern wie Nachtfalter irgendwo dort draußen herum. Keine Sorge, er ist nicht trocken gelegt. Seine drei Achterl sind ihm eine liebe Gewohnheit geworden, die er beibehält. Sein Arzt weiß davon, muss sich aber jeder abfälligen Bemerkung enthalten, weil er selber wie ein Schlot raucht. Diesen Zustand mit ausgelaugt zu bezeichnen, wäre falsch.

Es fällt ihm nichts ein. Nicht einmal der mickrigste Blödsinn, der Baum ist abgeerntet. Er sehnt sich nach einem tiefen, erquickenden Schlaf, eingehüllt in eine Sicherheitsblase. Unter Aegis, dem Götterschild, unter dem Chefsessel wird man ihn nicht vermuten.

Gibt es auch vorlaute Gefühle? Er kann's nicht lassen. Irgendwann stirbt er mit einer Frage auf den Lippen und diese könnte lauten: Wie komme ich ohne Fahrplan hin und wieso hat das Taxi nach Tobruk gerade heute, wo ich es brauche, eine Panne? Er spricht es nicht aus, aber man hat ihn psychisch tot verbellt, erledigt. Ein leises Unwohlsein beschleicht ihn, nistet sich zu seinen Füßen ein, da liegt es bequem und schnarcht. Der laute Zieh dazwischen könnte ein Erdbeben auslösen und tatsächlich zeigen die Seismographen ein solches an. Das Blaulicht des Rettungswagens blitzt reflektierend aus den Scheiben der Auslagen. Laut und schrill läuft der Warnton die Straße entlang, trommelt auf das Fell der Katze in seinen Ohren. Die Sirene heult wie ein Wolf. Dann verliert sich sein Bewusstsein hinter einer dunklen Wand.

Servus, begrüßen ihn die Freunde, geht's dir wieder gut? Hauptsach, du bist gsund! Haben sie diesen öden Satz aus dem Speicher ihrer Handys kopiert? Ihr wisst, er meint es nicht so. Was? Natürlich meint er es so!

Wenn er in den Maschen seiner Launen hängen bleibt, die lauernde Spinne eines Wutausbruchs, Freundschaften mit einem Wort zertrümmert, redet er dann von sich? Treibt ihm den Teufel aus, wo bleibt der Inquisitor? Die Scheiterhaufen lodern, es stinkt nach verbranntem Fleisch. Später, wenn er sich beruhigt hat, öffnet er eine Lade, holt ein Lächeln heraus, verpackt es in Geschenkpapier, eine rosa Schleife hält sein Leben zusammen. So übergibt er es seinem Schutzengel. Die Zukunft ist keine Eintagsfliege. Er wird sich noch oft mit ihr beschäftigen.

Wenn ihn der Morgen, gegen seinen Willen, aus seinen Träumen reißt, steht ein Ungeheuer vor der Tür, ein politischer Einfaltspinsel, mit dem man die Demokratie neu färbelt. Ein Furz ist im Verhältnis wenig, aber in dieser Stille knallt er wie eine Bombe.

Durch den Abendverkehr flitzt ein Leichenwagen, ein Crash scheint unvermeidbar. Und dann passiert's. Gliedmaßen, Autoteile, ein Torso verleugnen die Schwerkraft, heben in ungeahntem Selbstbewusstsein ab, fliegen ihm um die Ohren. Schnell reagieren die Arme, schützend fahren sie nach oben, er zieht den Kopf ein, ich ergebe mich. Stille, endlose Stille. Dann wird er wach, wischt sich den Traum aus den Augen, Zähne putzen. Sie haben prophezeit, dass er mit einer Frage auf den Lippen sterben wird. Er fragt Anna: Ist heute Nacht irgendwas Ungewöhnliches vorgefallen? Nicht dass ich wüsste! Wie spät ist es denn?

So kommt man nicht zur Welt, so hält nur ein geübter Trinker das Glas. Nun ja, Wagner war ein Genussmensch, aber kein Alkoholiker. Tannhäuser und seine Mitstreiter verkauften ihre neuesten Schlager auf der Wartburg. Auf versteckter Anhöhe durchbrach Siegfried das brennende Atoll und verglühte im ewigen Kitsch. Das entsprach Wagners Naturell. Bei Reut? Jetzt hab ich's falsch geschrieben.

Im Depot der Staatsoper, zwischen den dort lagernden Kulissen für Rheingold, lehnt seit der Malaktion der Volksschullehrer eine Leiter. Die Fenster sind noch immer nicht geputzt.

Hast du jemals Ahnenforschung betrieben, einen Ariernachweis gebraucht? Diese Frage hat außer Anna noch niemand gestellt. Gelegentlich, na, sagen wir ein-, zweimal im Jahr kramt er in der bewussten Schuhschachtel mit den Familienfotos, vergleicht die Physiognomien der Eltern und der Geschwister mit seiner eigenen. Sucht in den Gesichtern von Onkeln und Tanten nach Merkmalen, die aufgrund der Gene vorhanden sein mussten. Seinen Habitus, wie er sich gibt, wie er sich kleidet, das Besteck hält, seine Bewegungen, das kann sie täglich verfolgen. Im Großen und Ganzen kennt sie seine Macken und seine Interessen. Er war nie ein schöner Mann, aber attraktiv. Also, dass wir uns da nicht missverstehen, das ist Annas subjektive, persönliche Meinung. Er glich nicht dem Bild ihrer Helden aus der Kinderzeit, aber er fiel auf. Beim dritten Glas, sonst hätte sie sich nicht getraut, fragte sie ihn, wie siehst du dich selber, was hältst du von dir? Ein klug gewählter Zeitpunkt! Es heißt: Sag mir, was du liest, und ich sage dir, wer du bist. So einfach ist er leider nicht einzuordnen. Unzählige Facetten stecken in diesem Menschen, aus hunderten Schichten besteht sein Innenleben.

Man kann ihn, wie eine Statue, um die man herumgehen kann, aus jedem möglichen Blickwinkel betrachten, durchleuchtet ihn, aber erkennt ihn nicht. Man sieht seinen Kopf, einen geraden Scheitel, man schaut ihm ins Gesicht. Zeichnet seine Mimik die Gefühlsregungen visuell auf? Hat er mehrere Gesichter, vielleicht sogar Schizophrenie? Eine gespaltene Persönlichkeit aus dem Reich der Märchen. Ich Tarzan, du Jane. Gespalten wie Rumpelstilzchen, oder sind die beiden Hälften Zwillinge?

Jean Cocteau würde sagen, Friedrich ist ein Narr, er schert sich keinen Deut um die Antennen seiner Umgebung. Von Cocteau stammt aber auch das Zitat: Die Beschäftigung mit Zweitklassigem ist Zeitverschwendung.

Er hätte es wissen müssen. Wie gut glaubst du dich zu kennen? Wie, glaubst du, sehen dich deine Freunde? Antworten sind nicht so einfach wie ein Nudelteig auszurollen. Friedrich ersuchte um Bedenkzeit. Ach weißt du – manchmal, wenn er verlegen ist, forciert er eine hochgestochene Sprechweise, Schriftsprache. Ach weißt du, reden wir ein andermal drüber, und ging. Wohin? Das, meinte er, geht dich nichts an.

Die Tür stand offen. Die Gespräche waren verstummt. Atemberaubende Ideen, geniale Gedanken, die die Welt verändern können, konnten nicht wie Mäuse in Erdlöchern verschwunden sein. Den bedeutungslosen, als Vorhut ausgesandten Kundschaftern erging es nicht anders als den voreiligen Boten des Frühlings, die regelmäßig dem Frost zum Opfer fallen.

Sein Instinkt, zur Suche abkommandiert, hatte im Kopf eine öde Leere hinterlassen. Wohltuend leicht fühlte er sich, seine Gestalt hob sich, stieg empor wie Grönland nach dem Abschmelzen des Eispanzers. Anna betrachtete ihn wie einen Fremden, fragte, wer sind Sie, hob seinen Arm, fühlte den Puls, dann summte sie ein Wiegenlied. Er war nicht bei sich, bei Sinnen schon, nicht bei der Sache, nicht in der Lage, er wollte nicht mit ihr reden, verweigerte alles außer Essen und Trinken, dazu war er unter der Bedingung, kein Kostgeld zahlen zu müssen, bereit. Einer Flaumfeder gleich tänzelte er in die Küche, der Kühlschrank fasste zwölf Flaschen, von denen er eine entkorkte, ihre Mittäterschaft war gewiss. So füllte er die Leere mit Alkohol.

Mit der Suche begann er am Montag, dem Fünfzehnten, und sofort verlangte die Demokratie die Einbindung des Volks. In diesem Fall durfte man die Suche ruhig mit dem Schürfen nach Gold in einer Kohlegrube vergleichen. Viel konnte da nicht herausschauen. Katzensilber war nicht gefragt, aber wenn man auf ein winziges Nugget gestoßen wäre, wäre es ein Wunder gewesen. Das wusste Friedrich, aber es war nicht zu verhindern.

Alsbald begann es im Schoße des Volks zu gären, und er gebar. Große Gedanken waren, wie erwartet, nicht dabei. Mit spitzen Fingern blätterte Friedrich in den Protokollen und fand nichts Neues, nichts für ihn Brauchbares. Seine angeborene Neugier zwang ihn zu diesem Tun. Wonach er suchte, befand sich irgendwo, irgendwo, doppelte das Echo. Unterschied ihn seine Einbildung, sein Abscheu vor dem Banalen, vom, wenn er hinunterblickte, nannte er es „Straßenvolk?“ Manchmal dachte er, das passt mir nicht und es passt nicht zu mir. Dann musste der Einsiedlerkrebs die schützende Schale der Muschel verlassen.

Friedrich spürt sich im Maul von Ouroboros, streckt, so den Ring verlängernd, seine Beine aus und entlastet die Taille der Welt.

Ähnlich wie die Marktfrau den Rahm abschöpft, schöpft Egeria ihr Wissen aus erfrischender Quelle und nie fragt sie: Darfs ein bisserl mehr sein? Friedrich, als Held seiner eigenen Comic-Träume, findet sich nicht zurecht. Ohne Arroganz, eher traurig, durchkämmt er die ihm vorliegenden Papiere, formt sie zu einer Rolle und hängt diese neben den Thron. Mehr sind sie nicht wert. Das war das Produkt eines blauen Montags, an dem wieder einmal Fragen und Antworten wie Waisenkinder, ohne Vater, ohne Mutter zurückblieben.

Aber in welchem Beisl lehnen die großen Gedanken am Tresen? Er hat sich intensiv vorbereitet, hat sein Wissen um zwei Geschoßhöhen aufgestockt. Die Welt ist eine Yogaübung, lockert die Wolken am Himmel, gleitet von den Fliegenpilzen zu den Reitpferden. Heiliger Hippolyt, dein Gespann schleift dich an ferne Ufer. Ich verspreche es! Seit Tagen, nein, seit Wochen wartet er auf eine Inspiration: Erleuchte mich, du Mistkäfer. Neonfischlein erleuchte mich, schenk mir barmherzigen Zuspruch und die Tröstung einer geistigen Mahlzeit. Diese Bitten eignen sich bestenfalls als Nachtkastlgebete, würden ihn aber niemals auf die Titelseite eines Hochglanzmagazins hieven. Er hat den Sprung ins kalte Wasser falsch kalkuliert, da blieb keine Zeit zum Überlegen, hat sich vom Zehnmeterbrett ins Aussichtslose geköpfelt. Zähneklappernd schleicht die Gänsehaut in ihr Quartier. In der Abteilung für Horror gefriert zwischen den Zähnen Graf Draculas das Blut. Die großen Gedanken sind nirgends zu finden. Nur Fräulein Smilla besaß das Gespür für sie.

Er räumt die gebrauchten Gläser in die Spülmaschine, schließt die Tür, den richtigen Knopf gedrückt. Die

Maschine beginnt mit ihrer Arbeit. Bei ihm funktionierte nichts.

Es begann mit Robinson Crusoe und der Schatzinsel. Später erweiterte Kon Tiki den Horizont des Zehnjährigen und traf danach unvermeidlich auf Karl May und Rolf Torring. So arbeitete er sich hoch. Von Grimms Märchen über die Nibelungen zu den Götter- und Heldensagen, bis zur Weltgeschichte und den Klassikern. Später las er nach Annas Vorgaben. Was, das hast du noch nicht gelesen? Eine Schande!

Er lebt in diesen Welten. In seiner, die er gerne in heimeliges Licht taucht, und der realen da draußen, da unten, wo sich das Leben ausbreitet und abspielt. Zwischen diesen beiden Welten wartet er auf das Zeichen für seinen Auftritt. Zu ihm verhalten sich die großen Gefühle wie Pferde, er findet sie schön, edel, rassig, aber nicht er, sie bleiben auf Distanz, sie halten Abstand.

Handelsübliche Ware schickt dir jedes Kaufhaus, aber dieses Ringen um große Gedanken gleicht dem Zusammentreiben einer Herde. Zähle deine Schäfchen. Kennst du alle beim Namen? Fehlt eins? Fehlt es dir an Verstand?

Sein Herz klopft, klopft die Teppiche auf der Stange im Hof, fleht um Beistand. Er besänftigt es mit der erlogenen Aussicht auf einen Spaziergang, droht ihm mit Herzinfarkt und Bypass. Wenn du eine Revolte anzuzetteln gedenkst, dann sollte dir klar sein, dass ich dich nicht unterstützen werde. Zum Teufel damit! Der Teufel nimmt keine Organspenden.

Wie ein Fragezeichen gekrümmt sitzt er am Bettrand und angelt mit den Füßen nach den Hausschuhen. Der Tag schickt ein paar Sonnenstrahlen ins Zimmer, die den Raum hell und freundlich ausleuchten. An einem frisch polierten Tag muss es ihm glänzend gehen. Kauf dir einen bunten Luftballon, eine Tageszeitung, ein Frühstück. Der Morgen ist kühl, noch singt kein Vogel. Mit der Sonne steigt er hoch, eine Eintagsfliege, morgen ist er Geschichte, zuckt ein wenig um die Zacken der Briefmarke, bettelt um den Tagesstempel, sein Alibi, falls er eins braucht. Den Mantelkragen aufgestellt, den neuen Tag lernt man draußen kennen, die Vögel zwitschern wie verrückt.

Wenn Anna ihn bei den Händen fasst, ist der Abstand zwischen ihm und ihr durch die Länge der Arme gegeben. Zwischen den Blättern der Jalousie hat sich das Licht durchgeschwindelt, geschlüpft wie ein Küken, sitzt ihm dialogbereit am Tisch gegenüber. So lernt man sich kennen, sagt er, und beißt genüsslich in sein Marmeladenbrot.

Worauf wartet er? Mitten durchs Herz, mitten durch den Apfel, „Fünf Aufzüge für Tell", mitten in diesem Dilemma, in dieser Scheiße, sitzt er. Mach kein solches Theater, sperr lieber auf, im Fernsehen beginnt der Tatort. Das ist typisch für sie, dafür hat er sie schon hundertmal ermordet. Amore! Der Wunsch ist ein Gedanke. Kein großer. Aber er ist zuversichtlich.

Anna weiß nicht, wieso er Cello spielt. Mag sein, weil ihm die Form des Instruments gefällt oder weil die Leute auf der Straße denken, oh, ein Cellist. Keiner traut sich zu sagen, es wäre besser, wenn er Billard spielen würde. Er spielt so schlecht, dass er das Cello zum Weinen bringt und die Zuhörer in den Suizid treibt. Das ist keine Übertreibung. Er spielt wirklich so schlecht. Sie wünschen ihm gute Verbesserung und verlassen den Saal. Das Eintrittsgeld kann man von der Steuer absetzen, eine Spende für Menschen in Not. Diesmal trifft es sie selber.

Unruhig hat er sich im Bett herumgewälzt und seit einer Viertelstunde verfolgt er gespannt den vorrückenden Zeiger. Genau dreißig Sekunden bevor der Weck-Ton einsetzt, drückt er die Stopptaste, dreht sich zur Seite und schläft augenblicklich ein. Befriedigt, dass er nicht verschlafen hat, erwacht er eine Stunde später aus einem Chaostraum, schüttelt sich wie ein nasser Hund, erledigt seine Morgentoilette und putzt die Schuhe. Wie kommt der Kerl auf die verrückte Idee, um diese Zeit Schuhe zu putzen? Er legt sich richtig ins Zeug dabei. Hast du Fieber, fragt Anna. Nein. Aber sollte das Frühstück fertig sein, höre ich sofort damit auf.

Irgendwas fehlt seinen Plänen, er spürt es. Sie hängen wie alte Plakate in seinem Kopf. Er braucht eine Inspiration, die zündende Idee. Irgendwas fehlt seinem Leben. Es fehlt an allen Ecken und Enden. Es fehlt die Würze, die Begeisterung, das Salz und der Pfeffer. Sein Leben gleitet brav wie ein Land-Cruiser über den Highway, aber es schmeckt wie eine fade Soße. Hartnäckig und stur wartet er auf den Blitz aus heiterem Himmel, auf das Licht aus der Dunkelheit, den Musenkuss. Er erwartet keinen Theaterdonner und keinen Starrummel. Das bisschen Hirn unter dem Hutband generiert nicht einmal die Regie von Martin Kušej. Es macht sich klein und verzieht sich in eine stille Ecke seines Quadratschädels. Noch will er auf gar keinen Fall die Aufmerksamkeit auf sich lenken. Vorläufig will er nur ruhig dasitzen, warten und meditieren. Fürs Erste genügt er sich selber.

Zwischen Kleinstadtmauern aufgewachsene Gedanken pendeln wie Sperlinge zwischen Traufe und Straße hin und her, summen wie lästige Fliegen durchs Zimmer. Nicht mit der Klatsche, sagt er sich, tot nützt dir die beste Idee nichts. Im Abstellraum findet er sein altes Schmetterlingsnetz, dreht es versonnen in der Hand und dabei fällt ihm seine Botaniksammlung ein, die er irgendwann verschenkt hat. Die Raupen der Kohlweißlinge fraßen sich durchs Kraut. Das Areal der ehemaligen Ziegelei, inzwischen von Buschwerk überwuchert, hatte sich zu einem Biotop gemausert, ein letztes Paradies für Falter, Schwärmer,

Schmetterlinge. Zur Nachtzeit durchstreifte er, mit einer selbst gebastelten UV-Lampe, das Terrain auf der Suche nach besonders seltenen Exemplaren. Große Motten, die in dieser Gegend als ausgestorben galten, fing er auf diese Weise. Sein Biologieprofessor schüttelte den Kopf und gratulierte zu seinen Erfolgen. Nur die großen Gedanken gehen weder bei Tag noch bei Nacht ins Netz. Er war nahe dran aufzugeben, da schossen sie wie Krokusse nach dem ersten warmen Regen aus dem Boden, treten aus Theaterkulissen, die im Mondlicht hin und her wogen. Die gepflegtesten Ideen führen sich wie Narren auf, eine wild kläffende Meute umringt ihn. Doch sobald er nach ihnen hascht, fährt seine Hand ins Leere, zerfallen sie, werden zur Fata Morgana. In einem Anfall von Wut und Verzweiflung drischt er mit der Faust gegen die Wand. Sie sind da, bewegen sich katzenhaft geschmeidig über den Flor des Teppichs. Trommeln, meckern, lachen ihn aus, foppen ihn. Er lernte von ihnen. Lauert hinter den Gardinen, richtet Gedankenfallen auf, ködert sie mit Freikarten für ein Pfeifkonzert, stellt seine Erinnerungen ins Netz, probiert es mit der Anziehungskraft eines stattlichen Bordeaux. Bis er dann endlich einen, es muss ein ganz großer Gedanke sein, von Kafka oder von Thomas Mann, er ist ihm durch sein Imponiergehabe aufgefallen, grade noch am Schwanz erwischt, bevor er durchs Schlüsselloch entkommt. Er sieht sich bereits als Kandidat für den Staatspreis. In der geöffneten Hand entpuppt er sich leider als Winzling, als kleines Würstchen. Er will sich diese Gedanken zu eigen machen, sie wie Zitronen auspressen. Sobald er mehrere von ihnen gefangen, in seinem Kopf implantiert hat, wird er sie nach dem Vorbild mittelalterlicher Alchemisten destillieren und aus dem schillernden Gemisch eine klare, durchschaubare Essenz herstellen. Dieses Konzentrat wird er wie ein Buch aufschlagen und alle Gedanken werden offen vor ihm liegen. Mit voll aufgeladenen Batterien wird er aus der Asche seines Unvermögens auferstehen und das Ergebnis als seine geniale Erfindung am Markt präsentieren.

Der Himmel über ihm dreht sich wie die Rotorblätter eines Helikopters, erhöht die Drehzahl, wird schneller, immer schneller. Er spürt, wie er in den Schlund des Vulkans hineingerät, wie ein Strudel ihn hinabzieht zum Magmakern, ins lodernde Feuer. Ist das die Hölle oder das in Jahrtausenden vergossene Menschenblut? Jetzt wird er herausgewürgt, ausgespien. Und der Himmel dreht sich noch immer. Nimm dir kein Blatt vor den Mund, Siegfried, sie hat dir ein Kainszeichen ins Hemd gestickt.

Die Erde hat sich seiner bemächtigt, füllt sein Herz mit überschwänglicher Liebe. Heinrich, dein ehernes Band ist zersprungen. Wenn du jetzt Wagner auflegst ... Ich habe es befürchtet.

Sein Entschluss stand fest. Anna, sagte er, ich werde einen Roman schreiben. Sie hatte so was geahnt, mehr befürchtet.

Aber, seine Stimme klang hilfesuchend, ich habe außer einem Tohuwabohu nur Stroh im Kopf. Ein Roman über Stroh interessiert niemanden, du wirst keinen Verleger finden. Das ist ja mein Problem! Ich habe Stroh im Kopf, Strohwein im Blut. Auf Stroh gelagert, Streu zum Ausschlafen im Stall des Augias. Strohwitwer ohne Augenzwinkern, mit Ideen zum Haareraufen, zum Zopfabschneiden, Tränensäcken wie Ohrgehänge, getragen in einem Himmel voller Strohsterne. Wo stecken die Einfälle? Im Portemonnaie, in amorphen Vasen, im Heustadel, in Strohballen? Kopfgeld für Strohsammler, Stroh-Rum trinkende Sandler im Tennengau. Der Kopf ist eine Scheune, der Mensch ein Tor. Der Hund ist ein Streuner, weil er zum Weibe geht. Stroh im Kopf. Phantasieloses trockenes Zeug. Was hat man dir erzählt? Ein Koch, ein Ei, ein Hund, der in die Küche kam. Der faselte nicht lange. Das Stroh im Topf köchelte vor sich hin und schob diesen Unsinn aufs Abstellgleis. Na ja!

Im Kopf ist ein Buch schnell geschrieben. Von Ohr zu Ohr, von Aug zu Aug, Inhalt, Sinn. Alles ist vorhanden und steht zur Verfügung. Schnell denken, Worte, Sätze, Zeilen, Seiten. Ideen befeuern sich mit Sternspritzern. Ein Buch im Kopf wächst täglich um ein Kapitel. Kopfstand und Bauchfleck sitzen im Beisl beim Wein, lauschen gespannt den Erzählungen der einsamen Herzen. Wo das Glück ins Glaserl fließt, wird es halt gspritzt.

Gräber samt Grabinschriften geben Auskunft über die Vergangenheit, am Stammtisch kennt jeder jeden. Im Kopf ist ein Buch etwas Kompaktes, etwas, das einfach zu transportieren ist, das man deshalb immer zur Hand hat. Doch die Hand macht Umstände. Sie braucht einfach zu lange, um die Fülle der Ideen und Recherchen vollzählig vom Kopf aufs Papier zu bringen.

Auf dieser Kriechstrecke geht immer wieder Gedankengut verloren, wird abgeworfen, vergeudet, unter der Hand verschleudert. Oder ist es bloß die Demenz, die die Gedanken in der Versenkung verschwinden lässt? Zerstreut liegen die Blätter herum, verstreut in alle Winde.

Und dann sollte es natürlich etwas Besonderes sein, erlesen, klug, unterhaltend. Das Edle eines Charakters darf sich nicht am Klo ausdrücken, sondern ausdrücklich hier. Hier lärmt der Wurstlprater, die Welt der Geisterbahnen, des Unaus und des Igels. Hier trifft man auf die Spezies der Biertrinker, die schon immer Anspruch auf Qualität gestellt haben. Der Sonntagsausflug des Regenwurms endet im Amselschnabel. Donner und Doria. Donau und Glorie. Wer hat die Bremsklötze aus dem Hirn entfernt? Das Ergebnis des EEG bestätigt, dass sich die Gedanken bewegen. Sie schwimmen nach allen Seiten, machen sich bei den Schultern breit, tragen Verantwortung. Schlag in deinem Wörterbuch nach und du wirst unter A Anna finden, aber keinen Anfang. – Es gibt nämlich keinen. – Es gibt ein „Erstes Kapitel", das von zehn Geboten und den Möglichkeiten, wie sie zu umgehen, zu übertreten sind, ohne danach an Gewissensbissen zugrunde zu gehen. Süß ist die Sünde, schwarz der Kaffee. Ich bin dir auf den Leim gegangen, bin in dich hineingefallen, bin ein gefangener Gedanke. Wie der im Dreißigjährigen Krieg ergichtete Wallenstein zwischen den Buchdeckeln von Golo Mann verschwunden ist, ist Friedrich zwischen den Buchseiten in seinem Kopf gefangen.

Friedrich drückt seinen schmerzenden Rücken gegen die Lehne, Körper und Geist räkeln sich in dem abgewetzten, aber dafür bequemen Fauteuil. Er streckt die Beine aus, lässt die Füße kreisen. Sein Blick starrt in eine unendliche Ferne, fest und ruhig fixiert er einen bestimmten Punkt, achtet darauf, dass die Rädchen, die seine Gedanken antreiben, nicht stillstehen. Er ist ein dankbarer Leser. Da kann es schon vorkommen, dass er auf eine Mahlzeit vergisst, weil er grade ein Buch verschlingt. Im Schein der Leselampe ist seine angespannte Mimik deutlich zu erkennen. Er lässt das Gelesene vorbeidefilieren, nimmt die Parade der einzelnen Seiten ab. Er bewundert die Zähigkeit, mit der diese großartigen Schriftsteller ermitteln, ihr Können, mit dem sie ihre Figuren zum Leben erwecken. Erst unlängst hörte er Ransmayr sagen: Wir müssen zwischen Fakt und Fiktion streng trennen. Wenn es um reale Personen geht, gilt es, die Wahrheit zu schreiben. Alles andere darf als Eigenkapital zu Buche schlagen. Nur ein Buch, das ihn wieder so packt wie das vorherige, das zwar nichts mit einem Kriminalroman zu tun hatte aber spannend wie ein solcher zu lesen war, kann ihn zufriedenstellen. Seine Ansprüche steigen laufend, seine Merkfähigkeit gleitet langsam am Gegenhang hinunter.

So wie's vom Himmel rieselte, der Regen fiel, so fiel er aus allen Wolken, krachte mit dem Gesäß auf den Boden, er saß auf dem Arsch, drehte sich, stützte sich mit den Händen ab und versuchte sich aufzurichten. So plumpste sein abgestumpftes Ego auf die Realität. Das ist jetzt deine Welt, sagte das Leben. Kein Irrtum möglich, fragte er schüchtern. Die Zeit verlor keine Sekunde, nahm sich ein Kanapee vom Tisch und vernaschte es im Gehn. Der Niederschlag regulierte den Wasserhaushalt von Feldern und Fluren, bestellte sich eine Bohnensuppe mit Brot und mampfte genüsslich diese Mahlzeit. Der Hase beäugte die Welt aus der Sasse heraus und besuchte pünktlich die Vorlesung. Herr Professor, begann er. Aber dem war das Vieh ohnehin egal. Herr Professor, es tut mir leid.

Ein Regenschirm schob sich zwischen nass und trocken: Ich bin gespannt, wie sich die Lage entwickelt. Er hat eine Meinung, behält sie, wie er es immer praktizierte, für sich. Sollte er recht behalten, dann hat er es schon vorher gewusst. Wenn nicht, fällt er im Konzert der Mehrheit als Chorsänger nicht weiter auf.

Wer küsst mich? Es war mehr ein Seufzer als eine Frage. Er schlief sofort wieder ein. Sollten ihn die Musen küssen? Ich bin der Letzte, der das von ihnen verlangen würde. Als er aufwacht, überquert eine Herde Kumuluswolken die Stadt, der Park glänzt im Morgentau, in seinem Gedächtnis flattert ein Erlagschein. Küss mich, hallt es in seinen Ohren nach. Niemand bemerkte etwas.

Wenn die Zeit stirbt, wird er mit ihr untergehn, denn es ist seine, die verschwindet, eine andere gibt es für ihn nicht, sie wäre Fiktion. Wenn eine Frage ansteht, dann stelle sie jetzt, es könnte sonst zu spät sein.

Wie oft, wann, warum? Wieso gleichen sich Fragen wie Geschwister. Was möchtest du gerne wissen. Wie es vor zwanzig, vor vierzig Jahren war? Wir waren jung. Wenn man jung ist, sieht man vieles anders. Ihr wart also anders? Nein! Aber ich bin hungrig und mit leerem Magen kann ich nicht diskutieren.

Sie war traurig, er tanzte nicht. Er tanzte nicht mit ihr, und hätte er eine andere aufgefordert, wäre sie wütend oder zumindest erstaunt gewesen? Er wusste genau, wie gerne sie getanzt hätte. Sie überlegte hin und her, wie sie's anstellen könnte. Dann ging sie mit. Er hatte Hunger.

Es gibt nichts, was nicht schon einmal da war. Der Mond, die Straßenlaterne, die Häuser. Das Schild „durchgehende Küche" belustigte ihn. Mit wem geht sie durch, mit dem Koch, der Köchin? Geht man vorne hinein und hinten hinaus? Ein kleines Bier, ein grüner Veltliner. Er wusste, was er wollte. Aber sie hatte nichts Besseres zu tun, als eilig „zwei Bier" zu bestellen. Der Kellner stutzte, und Friedrich schaute sie verwundert an. Ein vorsichtiges Lächeln umspielte ihre Augen: Da staunst du! Das tat er, brauchte aber einige Zeit, es zuzugeben. Es war eine einfache Wirtsstube. Sehr einfach möbliert, eine sehr einfache Speisekarte, eine sehr einfache Bedienung. Von der Wandvertäfelung bis zum Bretterboden sehr bodenständig. Anscheinend kannte man ihn. Ja, er war schon einmal da gewesen, erklärte er. Sie nickte. Eigentlich wollte sie lieber ein Glas Wein, jetzt drehte sie nervös das Bierglas in den Händen, verzog den Mund. Es entging ihm nicht, er summte leise: der Wind hat mir ein Lied erzählt, den Text hatte er vergessen. Von der Liebe erzählt es. Wieso vergisst man Dinge, die einen damals beeindruckt haben, so schnell. La li lu, nur der Mann im Mond schaut zu. Deutsche Schnulzen, deutsche Mädchen, deutsche Normen. Din A. Tin-a!

Tina? Erinnern Sie sich an mich? Er war eingeladen, hatte gefragt, ob er mich mitnehmen darf, und wir trafen uns an der angegebenen Adresse. Dort verwickelte man uns, nachdem die üblichen Höflichkeitsfloskeln ausgetauscht waren, in eine Diskussion über Kunst und Kunstgeschichte. Eingehüllt in den Kokon unserer Standpunkte, verteidigten wir unsere Meinung. Kunst ist nicht der Wahrheit, sondern nur sich selbst verpflichtet! Er verteilte seine Aura wie Duftmarken in der Wohnung. Die Gastgeber mussten sich wie Fremde vorgekommen sein. Er spielte Theater. Ich folgte im Schlepptau seinem Auftritt, grüßte im Parallelschwung in dieselben Richtungen wie er, während, von uns nicht beachtet, sich eine Front von Fragen erhob, die später auf uns niederprasselten. Was machen Sie, was berechtigt Sie, wer ist das? Hinter unseren Rücken steckten sie die rot angelaufenen Köpfe zusammen, winkten wild gestikulierend mit den Armen, um nicht an der Neugier zu ersticken. Erinnern Sie sich? Hampelmänner!

Die wirkenden Mächte des Seins, ihr Einfluss auf das einzelne Individuum in Momenten der großen Veränderungen. Der Effekt, wenn Stärke und Schwäche in Zeitraffer abgespult werden und keine Zeit zum Überlegen bleibt, ob das dem Zufall (an den er nicht glauben will), der Vorsehung oder der Berufung zuzuschreiben ist. Wie viel kann er an Tatsachen, die sich nicht angekündigt haben, ändern. Wie oft ändert sich während des Überlegens, einer näheren Betrachtung einer ansonsten bereits festgelegten Ansicht die Meinung darüber. Ohne diese Möglichkeit ist jede Diskussion überflüssig.

Man kann nicht immer das Gegenteil von dem, was man glaubt, behaupten, aber man kann gegenteiliger Meinung sein.

Mathematische Formeln sind aus Physik und Technik nicht wegzudenken. Selbst in die Philosophie haben sie sich eingeschlichen. Formeln sind für Beamte unrentabel. Formulare dagegen bringen die Anliegen der Bürger auf den Amtsweg und unterschreiben die Wichtigkeit der Bürokratie. Formalitäten wiederum drücken einstudierte Höflichkeit diplomatisch aus, können von Staaten und deren Politik nach Bedarf geformt oder geändert werden. Künstlerisch sind sie wertlos.

Und wie jeder Mensch seine Meinungen, seine Ansichten vertritt, so wie jedes Ding zumindest zwei Seiten aufweist, so besitzt auch jede Straße zwei Straßenseiten. Links die ungeraden Hausnummern, rechts die geraden, links die Bäckerei, rechts der Fleischhauer, dann ein Blumenladen, gegenüber der Friseur – genauso setzen sich Gedanken fort –, und nach der Biegung sind die rechten Nummern noch immer gerade, bis sie in der Vorstadt, bei den Hecken, den Schrebergärten enden. Keine störenden Straßenbahnen, der Autoverkehr tröpfelt sparsam wie ein undichter Wasserhahn. Wäre da nicht am Ende der Straße ein Kiosk postiert, der protzig die Schlagzeilen der Zeitungen im Aushang präsentiert, man könnte meinen, hier sei die Welt noch in Ordnung.

Wie andere über eine Türschwelle stolpern, trifft Friedrich mit dem Gewicht seines reifen Alters auf den Wettstreit der Meinungen, auf die offizielle Wahrheit im Wandel des Austausches mit Kaufkraft und Einfluss.

Selbst die ewigen Wahrheiten, Renner im Devotionalienhandel, zeigen viele Facetten und er kennt den ewigen Kampf des Für und Wider nur zu gut. Abwarten und Tee trinken. Anna kann es sich nicht verkneifen, muss es Tee sein, zu fragen.

Der Glasengel, grade zupfte er noch die Saiten der Harfe, schlägt überrascht die Flügel zusammen und ein Klirren und Staunen steigt die Himmelsleiter hinunter und verschwindet im Inneren der Kristallwelten. Das reicht jetzt wirklich.

Der Herbst vergeigte in vivaldischer Melancholie die lose über die Wiese gestreute Zeit und steckte sie in sein Einkaufsnetz. Herbstzeitlose. Tod und Gesundheit in der behandschuhten Hand, welkendes Alter. Der Herbst betrachtete sie mit fliederfarbener Sentimentalität und dachte an seine eigene Lebenserwartung. Seine Regentschaft hatte sich nach dem Kalender zu orientieren. Im nächsten Jahr wird er es mit Parteilosen probieren. Alles neu, macht der Herbst, werden die Kinder singen. Er dachte an Abenteuer, an einen Jung-Weiber-Sommer, an den grauen November und dass er dann Winterreifen kaufen musste. Er kaufte sich Lose mit fortlaufenden Nummern. Glaub ans Glück, sagte der Wind und fegte mit einem Stoß die Blätter von der Hainbuche. Aber der Wind ist heut da und morgen woanders. Die Kühe verschmähten das violette Kraut. Der Herbst war stolz auf seine Blumen. Er war nicht zeitlos. Ihm standen zwei Monate zu, in denen er seine Aufgaben zu erledigen hatte. Es kam vor, dass der Winter in seine Arbeit hineinpfuschte, ihm ohne die winzigste Spur einer Entschuldigung einen Tag wegschnappte, sich weiß- und breitmachte und empört schimpfende Blätter abriss. Am nächsten Morgen wich er in die ihm zugewiesene Ecke zurück. Das waren keine Lausbubenstücke. Eine Gerade, einen Haken auf die Leber. Alter Mann, du wankst bereits, deine Tage sind angezählt. Friedrich wollte vergessen, dass der Herbst auch seine Tage zählt, ihn mustert, ob er den Winter übersteht, ob ihn der Frühling hinaustragen wird in einen Mai, der von der Jugend schwärmt und Erinnerungen aufwärmt. Die Herbstzeitlosen haben ein Ablaufdatum. Er auch.

Seine Gedanken waren wie Jagdhunde. Sie nahmen die Witterung auf und folgten ihm von einem Wirtshaus zum anderen, warteten vor der Tür, bis er wieder herauskam.

Ihre Hundeaugen reflektierten seine Stimmungen. In einem Augenblick erkannten sie, was er fühlte. Vorsichtig mit dem Schwanz wedelnd, um gleich darauf im Dreivierteltakt sein Herz auszupendeln? Sie liebten ihn!

Er ist ein einfaches Gewächs und seine Sprache jauchzt nicht zum Himmel. Umsorgt, bemuttert, von einem himmlischen Wesen liebevoll betreut, ja, dagegen kann man nichts haben. Ein sturer Bock ist er, der sich aus Trotz die Hörner noch nicht abgestoßen hat. Jetzt verwickelt er sich in Widersprüche. Ohne Geraunze kommt er nie ins Bett. Bevor er einschläft, gilt es zu überlegen, welchen Fuß er morgen zuerst aus dem Bett schwingen muss, um keine Bruchlandung heraufzubeschwören, und zu hoffen, dass er auf keinen Fall von schwarzen Katzen träumt.

Sprache kann ein Kunstwerk sein. Sie kann trillern und pfeifen wie bei Carlo Fruttero, wenn er über seiner Zigarette lächelt, kann weinen und lachen, kann Schicksale, Lebensumstände so beschreiben, dass er erst um zwei Uhr morgens den Kampf gegen den Schlaf aufgibt. Seine ist einfach. Die Sprache des Volks schraubt sich nicht in höhere Sphären. Sie spricht, wie ihr der Schnabel gewachsen ist, hüpft auf und ab, knüpft Freundschaften, schimpft am Biertisch und in den eigenen vier Wänden über die skandalöse Politik. Das macht nicht den Unterschied. Er hört sich reden, das reicht. Da muss er sich nicht auch noch lesen können. Im Weingarten, im Keller, beim Weinhändler, da wächst er über sich hinaus, da wird das Hemd zu kurz und die Hose zu klein. Bis ihn ein echter Heckenklescher wieder auf Normalmaß zurückstutzt.

Interessante Bücher können begeistern und verführen. Gut, dass er bereits erwachsen ist. Sibylle Lewitscharoff hat ihm, dem Älteren, ins Ohr geflüstert, die Hand gereicht und ihn auf Reisen mitgenommen. Sie weiß nichts davon. Sie wird ihm deshalb nicht böse sein. Natürlich erzeugen Geschmäcker eigene Charaktere. Da kennt er sich aus. Er wird sie zum Essen einladen und sie werden dem Guten, Wahren und Schönen Namen geben.

Ein Name ist wie eine Spur, die ins Kino oder ins Wirtshaus führt, zu Hausnummern, zu Eingangstüren, zu Wohnungen. Sie führt zum Täter und zum Opfer. Kein Name ist wie Schall und Rauch. Jetzt drückt er den Klingelknopf: „Neo Rauch", Leipziger Schule. Bilder, die sich nicht bewegen, aber den Betrachter tief in seinem Inneren treffen können. Auf dieser Spur versagt der Hund. Am Postamt hat er persönlich nachgefragt, ein Stellvertreter schickte sich in seinen Augen nicht. Nun war er selber Agent, Spion, Verfolger.

Die innere Wahrheit und das Geschäft mit Lügen vertragen sich nicht. Lügen kauft er nicht. Er sucht sie, filtert sie heraus, fragt noch keck: Was hältst du davon? Wörter können unschuldig sein, können beleidigen, sich verstellen und lügen. Wer möchte ein paar harmlose Unwahrheiten gleich Lügen nennen? So viel Aufhebens steht nicht dafür. Sie fließen wie von selber in einen Text ein. Man vermenge Mein und Eid, knete diesen Teig gut durch, decke ihn mit einer unbestimmten Zeitspanne zu und lasse ihn rasten. Dann, wenn die Spannung nicht mehr auszuhalten ist, entferne man alles, was auf eine Schummelei hinweist, öffne die Augen und schaue sich an, was daraus geworden ist. So ist das Leben. Ein Viertel, ein Halbes, ein Ganzes. Wie viel werden sie mir geben? Nichts? Nichts hab ich schon. Nichts ist zu wenig. Wenn der Aufwand konträr zum voraussichtlichen Ergebnis steht, also wenig bis nichts zu erwarten ist, dann ist die Zeit eine verlorene. Dann wäre es klüger, eine zu rauchen, ein Gläschen zu trinken und belangloses Zeug auszutauschen. Mit einem Wort: Wir hätten die Zeit totgeschlagen und hätten ohne sie, in kürzester Zeit, die Orientierung verloren. Entfernen wir nun das Tuch. Ist er gegangen? Wie weit ist er gegangen, warum, wohin? Ist er auf und davon? Wird er sich als Ge*p*äck eignen. Brot, schwarz und weiß, mit einer Rinde, die einer Mondlandschaft gleicht. Und erst dieser Geruch. Er macht sich breit, füllt das Haus, richtet seine Einladung an die Mitbewohner. Wer traut sich, zu urteilen zwischen dem, was geschehen ist, und dem, wie es hätte sein können. Mit Rosinen im Text schmeckt der Kuchen viel besser. Probieren Sie ihn aus. Die Wahrheit bleibt immer der Wahrheit treu. Selbst unter der Erde wüsst ich es nicht besser. Ich bin auch ein Lebenszeuge. Reflektion macht uns alle dazu. Ich habe Dinge erlebt, er, sie, es haben Ähnliches erlebt und vergessen. Und deshalb suchen er, sie, es im Gespräch nach Spuren im Sand.

Jeder versuche es auf seine Art. Paul Valéry schreibt: Ich bin ein Mann mit Datum. Ich lebe in dieser und keiner anderen Zeit. Würde ich gleichzeitig in verschiedenen Zeiten leben, wäre ich ohne Datum. Wäre Saisonarbeiter auf einer Bergstation und Kellner an der Côte d'Azur. Wie der Wind müsste ich mich verbreiten, wäre überall und hätte für nichts, nicht einmal für mich, Zeit. Lassen wir's deshalb, wie es ist. So empfinde ich, so ist es angenehm, und weil ich es so gewohnt bin. Ich bin nun einmal ein Gewohnheitstier. Trinken wir die Phantasie aus kleinen Gläsern, aus Stamperln, ist der Handlungsspielraum eingeschränkt. Aber an ihr nur zu nippen, ist klar zu wenig.

Im Vergissmeinnicht-Buch, mit der steilen Schrift und den Fußnoten am Rand, hat er bereits viele Fragen, die sich wie Maulwurfshügel an immer neuen Stellen aufwarfen, durchstreichen dürfen. Aber noch immer steht in Blockwartbuchstaben: WIR HABEN NICHTS GEWUSST!

Wieso haben sie nichts gewusst? Durften sie nichts wissen, sollten sie nichts wissen, konnten sie nicht, wollten sie nicht? Soeben hat er sich ein Glas Wein eingeschenkt, um den Verdauungsvorgang im Gehirn in Gang zu bringen. Es gibt vieles, was ihn beunruhigt und beschäftigt.

Geburt und Tod. Dazwischen spielt „das Leben“. Und dieses haben die bekanntesten Biologen unserer Zeit als genialstes Drehbuch für den Oscar nominiert. Eine Nominierung ist zwar noch lange kein Sieg. Aber ist das Leben für jeden ein Gewinn? Wenn es ohnehin ohne Sinn ist, weil es dem vorbestimmten Tod nicht zu entrinnen vermag, im Endeffekt das auch nicht möchte. Warum soll es denn lebenswert sein? Das Wort Unsinn muss ein Kunstwort sein, weil es keinem Sinn entspringen kann.

Wieso, meldet sich sein einfältiges Hirn, wieso suchen Geisteswissenschaftler, Philosophen etc. immer wieder nach dem Sinn des Lebens. Sind sie moderne Alchemisten auf der Suche nach dem Stein der Weisen? Es gibt eine Anzahl von Auslegungen, von Vorschlägen, es gibt Angebote, aber keine Antworten. Der Mensch weiß, dass er sterben wird, und das unterscheidet ihn vom Tier. Wer beweist, wer bestätigt die Richtigkeit dieser Schlussfolgerung? Tiere benützen andere Formen der Verständigung, es gilt als gesichert, dass sie miteinander kommunizieren. Der Mensch verfügt dazu über eine eigens erlernte Sprache, kann jederzeit, freiwillig oder durch Umstände erzwungen, eine weitere, ihm fremde Sprache erlernen. (Dazu gehören Gebärden- und Zeichensprache). Dass Friedrich ein ausdauernder Beobachter ist, hat sich herumgesprochen. Er hat festgestellt, dass Hunde sich knapp vor ihrem Tod zurückziehen, absondern, als spürten sie ihr Ende. Auch der Mensch stirbt seinen Tod allein. Den kann ihm niemand abnehmen. Das ergibt Sinn. Oder?

Das ist keine Filmvorführung. Es ist das, was man draus macht, machen kann und darf. Also gilt es, die Möglichkeiten, die die Jahre bieten, auszunützen. Ist die Fortpflanzung, die Bestandssicherung, die Liebe, Arbeit, Religion der Sinn des Lebens? Oder gibt es innerhalb dieses Spektrums noch Unbekanntes? Was ist ein erfülltes Leben? Dass von allem genug, vielleicht sogar im Überfluss vorhanden ist und genossen wird? Gut. Die Sinnfrage wird damit nicht gelöst. Wem es im Leben an nichts fehlt, der kommt meist gar nicht auf die Idee, sie zu stellen.

Nach der Vertreibung aus dem Paradies musste das von Gott geschaffene Paar mit der Eigenproduktion seines Nachwuchses beginnen, den Grundstein für ein Volk legen. Friedrich verkniff sich nur mit Mühe die Frage, wann denn die beiden gearbeitet haben. Die Realität entblößt die Zähne nicht nur zum Lachen, sie beißt auch kräftig zu. Bei Mord gibt es KAIN Wenn und ABEL. Man brauchte kein Hellseher zu sein, um den Mörder zu erkennen. Die Stimme des vergossenen Blutes drang in Gottes Ohr. KAIN Mensch soll sich vor Strafe sicher fühlen. Rein biblisch gesehen entstammen wir einem Inzucht-Festival. Kain sah das Blut des Bruders in der Erde versickern. Das Blut der Sippe vererbte und teilte sich irgendwann in verschiedene Blutgruppen. Die Mystik des Blutes verlangte nach Opfern. Der brennende Dornbusch lechzte nach Isaaks Blut, was Abraham im Tausch gegen einen Widder verhindern konnte. Bis auf diesen Einzelfall, der keine Regel bestätigt, wurden die Beteiligten nie zu Verhandlungen eingeladen. Der jüdisch-christliche Gott opferte seinen Sohn für das Heil der Welt. Glaubt man den Testamenten, war es sein einziger. (Das unterscheidet ihn deutlich von Zeus und seinen Kumpanen.)

Lukas berichtet von Jesus' letzten Worten: „Vater, vergib ihnen, denn sie wissen nichts." Vielleicht hauchte er noch: „Ich kann es nicht." Jedoch das wollte keiner gehört haben.

Die christliche Religion blieb blutbefleckt. Märtyrer legten blutiges Zeugnis für ihren Glauben ab, Päpste bestanden auf blutigen Kreuzzügen. Und, wenn es um Machterhaltung ging, waren sie in ihren Handlungen nicht gerade zimperlich.

Aber welcher Blutgruppe ist das Blut der Unschuldigen zuzuordnen? Gibt es dafür eine eigene oder bloß eine erfundene? Hätte die Feuerwehr die Bethlehem'schen Straßen nicht so gründlich gereinigt, hätten Forensiker längst die vermeintliche Wahrheit herausgefunden, wissenschaftlich ausgewertet und propagiert.

Hat man das Blut von Päpsten und Staatenlenkern schon mit dem von an Lügendetektoren angeschlossenen Verbrechern verglichen? Die Obduktion von Krampfadern-Erlösern ist ohne vorhergehende, ernst zu nehmende Dokumentation nicht durchführbar. Blut, welches erst durch Beimischen von Blauburgunder zu blauem wurde, ist von vornherein auszuscheiden. Dasselbe gilt für Verliebte, weil dieser Zustand den Durchblick verhindert. Wenn eine Ampel nicht und nicht auf Grün schaltet, wenn das Essen nicht wie erwartet schmeckt, sich die Züge nicht an den Fahrplan halten und das Blut zum Kochen bringen, erzeugt das Sterilität und lässt sodann die Herzkammern eiskalt erschauern. Blut, welches nach zur Explosion gebrachten Autobomben oder ähnlichen Anschlägen ganze Häuserfronten bespritzt, verführt uns, an Unschuld zu glauben. Es ist das Blut der starren Fronten, der Zoll, den die Politik verlangt, es stinkt zum rauchgeschwärzten Himmel. Die Schuldigen sind schnell gefunden … Friedrich, da liegst du falsch! Natürlich muss es statt „sind" „wären" heißen, denn Schuldige sind nicht gefragt, für sie zahlt der Handel keinen Cent, da zuckt nicht einmal ein

Frosch mit der Wimper. Den Pranger hat man weggeräumt, er stand den Bürgern nur im Weg. Wenn es ums Geld geht, ist auch die Unschuld fehl am Platz. Solcher Humor grüßt nur vom Galgen! Wie lieblich schallt der Folgeton, wenn sich das Blaulicht durch den Verkehr kämpft und die Brigaden die Straßen wie blank geputzte Uniformknöpfe hinterlassen. Der Krieg war kalt, war kaltgestellt, bis ihm das Fernsehbild zum Sprung ins Wohnzimmer verhalf. Dort sitzen wieder „Unschuldige", stieren, glotzen in die Röhre, sie haben diese Sendung nicht geordert. Doch jetzt bestehen sie darauf. Jetzt sind sie gefordert, aufgefordert, Verantwortung zu tragen und bis zum letzten Atemzug im Polstersessel auszuharren. Das Blut auf der Straße der Ölsardinen füllt den Kanal, die Futterschüssel aller Ratten. Ein Fisch schreit stumm. Kein Schwanz regt sich und regt sich auf. Ein toter Fisch bringt keine Einschaltquoten. Sensationen, Kindermord! Dein Kind? Du kannst doch nichts dafür, schalt auf ein anderes Programm um. Ein Trauerflor gedenkt ab heute deiner Katze. Das putzige Ding, das dir so sehr ans Herz gewachsen, geht dir ab, sein Platz ist leer.

Ich stoß mich nicht an Bethlehem. Und Unschuld gibt es nicht, nicht auf dem Land. Hier spielt die eigene Musik und freiwillig ist im Verein die Feuerwehr gebündelt und vereint. Unschuldiges Blut in Konserven gibt es nicht. Wer solches braucht, ist bitter dran. Die Spezies der Spender muss in Urzeiten eingetrocknet, verdorrt und ausgestorben sein. So küsst der Tod die Hand, so transzendiert man unschuldig vom Leben in die Traufe. Unschuldiges, Erlösung verheißendes, aus Liebe vergossenes Märtyrerblut. Die Erde unterm Kreuz getränkt, ein Fressen für Reliquienhändler. In Gläser eingerext und tausendfach verdünnt, ging's per Versand an Klöster, Kirchen und Abteien, verlor am Weg zum einträglichen Handel die Unschuld und die Kraft der Wahrheit. Es muss doch jemanden geben, der von sich behaupten darf: Ich kann nichts dafür. Verliert man diese Unschuld mit der Sprache, heißt das Gegenteil: schuldiges Blut?

Am Markt gefeilscht, den Hahn geköpft, am Hackstock im Garten kleben noch Federn. Dort läuft er, torkelt wie betrunken und pumpt sein Blut ins Gras. Er ist für unsere Suppe gestorben. Solange sein Blut nicht untersucht ist, gilt auch für ihn die Unschuldsvermutung. Der Gral gefüllt mit englischer Sippenhaftung, ewige Treue schwor die Tafelrunde. Ein Glaubensdogma. Wie viele Päpste wuschen darin ihre Hände in aller Unschuld? Nach 1945 stellte sich die Frage: Haben Sie von den Gräueltaten der Nationalsadisten, entschuldigen Sie den freudigen Versprecher, der Nazis, gewusst? Nein, und wieder nein. Mit unschuldigem Augenaufschlag und heldenhaft gestärkter Hemdbrust, an der der Schatten des Parteiabzeichens verräterisch von der Vergangenheit erzählt, kam zögerlich: Ja, wenn wir das gewusst hätten …

Das Blut ist unschuldig. Alle sind unschuldig. Aber stellen Sie sich vor, Sie brauchen eine Bluttransfusion, Sie könnten ohne Fremdblut nicht überleben, aber Sie haben Blutgruppe: unschuldig. Sie täten gut daran, sich totzulachen.

Religionen verbreiten sich nicht von selber. Dazu braucht es charismatische Personen, die Überzeugungsarbeit leisten, gezielte PR-Aktionen starten, Durchhaltevermögen besitzen und Organisationen, die die Mitgliederbetreuung übernehmen.

Christen wurden so lange verfolgt, bis einige Staatenlenker begriffen, hier gibt es nichts mehr zu holen. Von da an konnte sich das Christentum in aller Ruhe über Europa verbreiten. Bald hatte sich das Blatt gewendet. Hat nicht jedes Ding zwei Seiten? An der Seite von katholischen

Herrschern beteiligte sich die Kirche, und in nicht geringem Maß zum eigenen Vorteil, gnadenlos an der Verfolgung von Juden, Mauren, „Ketzern". Die Inquisition beschäftigte wahre Meister im Erfinden von Prozessgründen. Die Handelnden dieser Machtkämpfe, in denen Vergewaltigung, Brandschatzung, Mord auf der Tagesordnung standen, hatten nichts zu befürchten. Im Gegenteil. Unter der Diktatur verzieht sich die Meinungsäußerung ins geheime Kämmerlein. Mitläufer sind nicht leicht von Überzeugten zu unterscheiden. Es gab eine Zeit, da grüßten beide Gruppen mit ausgestrecktem Arm. Doch wer genau hinsah, konnten erkennen, dass manche einen längeren hatten.

Oft bleiben Freundschaften an der Oberfläche hängen und enden nur deshalb nicht, weil sie nie einer ernsthaften Prüfung unterzogen werden. Auf der anderen Seite birgt, ähnlich wie in einer Ehe, die Befindlichkeit dauernder Nähe die Gefahr der Abstumpfung, der Abnutzung in sich, was im Extremfall in Ekel enden kann. Da aber nichts unmöglich ist, bleibt genug Platz für die Ausnahme. Deshalb freut er sich jedes Mal über die wenigen Stunden, die er mit Freunden verbringen darf.

Am Prüfstand der Menschlichkeit ist die Frage nach der Religion bedeutungslos. Ob das soziale Verhalten, zu helfen, einem inneren Bedürfnis entspringt oder christliche Nächstenliebe der Beweggrund ist, ist irrelevant. Für den Hilfesuchenden zählt die Rettung und nicht das Motiv. Das ist entscheidend und das genügt.

Wie kann es passieren, dass ein Schriftsteller wie John Williams vergessen wird? Wie konnte ein so bedeutender Roman wie „Stoner" in der Versenkung des Buchhandels verschwinden? Der Roman erzählt, was Menschsein bedeutet. In einigen Passagen erzählt er vom Einfluss der Literatur auf seine Hauptfigur, William Stoner. Friedrich hat sich mit griechischer und römischer Lyrik beschäftigt. (Er kann, das weiß er ganz genau, Stoner nicht das Wasser reichen.) Auch er staunt, mit welcher Leichtigkeit diese Dichter die Tatsache des Todes akzeptierten. Irgendwie befriedigt ihn diese Feststellung.

Wie weit beeinflusst Literatur unsere Gefühle? Romane, Poesie, wissenschaftliche Abhandlungen. Weckt sie nur unsere Neugier, wirkt sie auch auf unsere politischen Einstellungen oder driftet man trotz allem zur Gleichgültigkeit hin? Wie schwer wiegt dieser Einfluss? Ein halbes Kilo, ein ganzes, den Inhalt samt Einband, eine schlaflose Nacht, ein Wortspiel, gewürfelt oder gewusst? Wenn es passt, fragt keiner danach, ob es aus deiner Feder stammt oder gestohlen (ausgeliehen!) ist. Stimmt nicht ganz. Immer wieder wird er gefragt: Von wem ist das? Und wenn er, in leicht errötender Verlegenheit kundtut, dass es von ihm sei, folgt ein, wie es scheint vorprogrammiertes, „ach so“, das wie eine Rüge klingt. Das kannst du wem anderen erzählen. Ich kenne Friedrich. Großer Denker ist er keiner, aber ein Gourmet.

Zwischen Himmel und Erde ist genug Platz für eine Jausenstation. Ein Platz, an dem Träume rasten können. Da setzt er sich gerne dazu. Er findet Träume wichtiger als einen neuen Marshall-Plan. Nahrung haben wir in Mitteleuropa ausreichend. Aber Ideen und Ideenbringer fehlen. Er wird welche einfliegen lassen und sie nicht allein über Berlin abwerfen.

Ist ein Held ein Mensch oder ein überirdisches Wesen? Gibt es unter uns Menschen Helden? Es gibt sie! Jeder, der sein Leben riskiert, um einen anderen zu retten, egal ob am Berg, am Wasser, im Krieg, ist ein Held. Diese Helden werden, falls der Gerettete nicht zufällig prominent ist, schnell vergessen. Spätestens nach zwei, drei Tagen sind sie von den Titelblättern, aus den Schlagzeilen verschwunden. Die Nachrichtensprecher können sich nicht an sie erinnern. Aber wie verhält es sich mit Theater-, Film- und Romanhelden? Muss ein Held immer für das Wahre, Gute, Schöne einstehen? Für Gerechtigkeit setzen sich Phantasten ein, falls es die im Plural gibt, aber sind das Helden? Wie geht so ein Held mit seinem Heldentum um? Nicht immer ist das Warum zu erklären. Warum wurdest du ein Held? Können, Gelegenheit, Mut, Zufall. Setzen Sie auf die Liste, was Ihnen gefällt. Zum Helden geboren ist der Mensch nur in den großen Epen der Weltliteratur, stirbt als Märtyrer, lebt in Legenden und natürlich im Märchen. Die Umstände zwingen ihn zum Heros oder zum Untergang. Darüber entscheidet das Schicksal oder der Autor, darüber hat man nicht nachzudenken. Helden sind, so wie sie sind, zu akzeptieren. Helden sind heldenhaft und nichts anderes.

Ist das Leben in Kapitel einzuteilen? Aufeinanderfolgende Seiten, mit Keksformen ausgestochen und an Freunde und Nachbarn verschenkt. Es braucht Anhaltspunkte. Friedrich nennt sie Verschnaufpausen. Er beansprucht für sich eine Auszeit, die den Puls beruhigen soll. Ist das Leben ein Einheitsbrei, der von Stromschnellen in mundgerechte Bissen zerschlagen wird, die vom Meer ans Ufer gespült, von Strandläufern zertreten werden? Das Leben verlangt nach Abwechslung, sonst wird es langweilig.

Wenn die Quellen der Freude versiegen, der Ursprung des Lichtes längst von einem schwarzen Loch eingesaugt wurde, fällt der Intellekt aus der hin und her schaukelnden Hängematte auf den Boden der Tatsachen. Gichtbeulen, faulende Zähne, abstoßend stinkende Armut, auf die Neureiche die Polizei oder gleich ihre Dobermänner hetzen. Wenn sie nicht einig werden, bricht die grindige Armut Schicht für Schicht zusammen, bröckelt die Fassade des potemkinschen Scheins noch vor dem Staatsbesuch ab. Dann fehlen der Chefetage die helfenden Arme der Putzfrau, die Kolonnen der unterprivilegierten, schlecht bezahlten Arbeiter und Angestellten, die bisher für reibungslosen Ablauf der Tagesordnung gesorgt haben. So lange mit ihnen Gewinne zu erzielen sind und nichts in die Quere kommt, zeigt man Verständnis und übt Nachsicht. Danach aber fletscht die Bestie ihre Zähne und fordert Tribut.

Wenn Gott allein die Wahrheit kennt, wird sie niemals das Licht unserer Welt erblicken. Am Sankt Nimmerleinstag, wenn das Jüngste Gericht zusammentritt, um Eiklar und Dotter zu trennen, wird sie noch immer auf Veröffentlichung warten, denn die Hoffnung stirbt zuletzt. Aber der oberste Richter weiß alles und vergisst nichts. Deshalb verzichtet er auf Verschriftlichung, die sich eventuell als Beweis gegen ihn herausstellen könnte. An diesem Tag wird sie nicht mehr gebraucht. An diesem Tag gibt der Daumen die Marschrichtung vor. Daumen oben, Daumen unten. Das hat er sich abgeschaut. Römisches Zeremoniell, dacht ich's mir doch: Er hat menschliche Züge. Wahrscheinlich hat er einen Lieblingsengel, einen süßen Teufel (einen niedlichen Hund?), und nicht vergessen, er hat sein Lieblingsvolk ins gelobte Land geleitet.

Persönliche Kränkungen begleiten Friedrich oft lange Zeit. Er versucht, sie zur Seite zu schieben, legt sie auf dem Nachtkästchen ab, von wo aus sie ihn misstrauisch beäugen. Manchmal steigert sich der Ärger ins Unermessliche, zwingt ihn zum Aufstehen, ein Schluck beruhigt dann die Nerven. Die Erkenntnis seiner Unzulänglichkeit nützt wenig. Vergessen, verdrängen. Verdrängen, vergessen. Er sieht keinen Unterschied. Diese menschlichen Schwächen sind nicht zu kurieren.

Sind die Verwalter der Macht immer korrupt?

Nabokov spielt mit verschiedenen Wahrheiten, mit Mehrgleisigkeit. Man könne sein Wissen stets spezialisieren und erweitern, es gebe keine Grenzen.

Aber, wird Friedrich gefragt: Wenn die Menschen die Qualität von Lebensmitteln nicht mehr erkennen, wie wollen sie dann Kunst beurteilen? Ein heikles Thema, meint er nachdenklich. Die Idee ist die Grundlage von Kunst. Ihr Wesen verlangt, dass man sich mit ihr beschäftigt und auseinandersetzt. Der Herr hat's gegeben, der Herr hat's genommen. Das Gefühl war vorhanden. Es ging den bequemen Weg, den Weg der Faulheit und des Desinteresses, ging den Bach hinunter. Der Herr braucht nicht einzugreifen.

Wie viel erträgt ein schwacher Mensch und wie viel ist einem starken Charakter zuzumuten? Eine bestimmte Belastung drückt den einen zu Boden, während der andere sich wehrt und heftig dagegenstemmt? Die Güteklasse des Individuums bestimmt seinen Handelswert?! Am Ende landet alles in der Schublade der Subjektivität, die sich im Beisein enger Freunde offen für alles zeigt, aber keinerlei Verpflichtungen eingeht.

Auf diesem Parkett werden keine realen Figuren bewegt. Da werden Marionetten hin und her geschoben, wird gelogen und betrogen, werden, wenn es die politische Situation und der wirtschaftliche Druck verlangen, ganze Schachzüge aus dem Verkehr gezogen. Das Schachspiel, sagt Friedrich, und er hat es gerne gespielt, verlangt Strategie und Geduld. Analysieren wir gemeinsam: Schwarz und Weiß stehen sich feindlich gegenüber – am Schachbrett herrscht Rassentrennung. Die Weißen beginnen mit dem Angriff, man nennt das Eröffnung. Und jetzt zum Aufmarsch, bzw. zur Schlachtaufstellung. Vorne das Volk, die Bauern, dahinter die Edlen: Damen, Könige, Eilboten, Reiterei, Wachtürme. Wie im wirklichen Leben. Schach gilt als intelligentes Spiel. Obigen Herren mag ein Zug aus der Zigarre gelingen, dazu sind sie eventuell noch fähig. Darüber hinaus herrscht die große Leere. (In den Köpfen. Nicht in den Brieftaschen.) Einzelgänger schleichen sich unbemerkt durch diese Leere, die keine gähnende ist, Propheten, die vor ebenso leeren Häusern predigen. Hin und wieder zuckt ein bescheidener Geistesblitz grell auf, dem rollender Theaterdonner folgt, ein Lämpchen verglüht, aber das Erinnern rührt keinen Finger. Bei einem Ohr hinein, beim andern hinaus. Schnell durchgefahren. Aber Denken ist keine Einbahnstraße. Es braucht ein Netz von Verbindungen und ein zweites, mit dem man seine Erfolge fangen kann.

Alles, was der Beruf – und das Leben – für überflüssig, für unnützes Beiwerk gehalten hat, wurde in die Mülltonne geworfen oder gleich auf einer Deponie entsorgt. Jeder Nagel, jede Schraube, jeder unfreiwillig verlorene Satz stach in sein Herz. Wie das Eichhörnchen prägte er sich diese Stellen ein, legte ein Verzeichnis an, um gleich nachdem er der Arbeitswelt ade sagt, oder sie ihn aus der Pflicht entlässt, alles wieder zu finden und um zu untersuchen, was sich davon noch verwerten lässt.

Das Leben braucht keine Entschuldigung. Es kann nicht anders sein, als es ist. Einmal im Leben, mindestens einmal, stellt man sich die Frage nach dem Sinn. Friedrich stellt sie sich täglich und verbringt damit viel Zeit auf dem Klo.

Anna ist ungeduldig. Was machst du da drinnen so lange? Ich suche den Sinn des Lebens, ich bin ihm auf den Fersen. Unsinn, sagt sie, wo willst du denn suchen, im Heuhaufen nach der Stecknadel, im Wirtshaus bei deinen Kumpanen? Da drinnen wirst du ihn gewiss nicht finden! Friedrich schweigt. Er kennt den Stachel der Biene, weiß, wann er besser den Mund hält. Raoul Dufy malte leichte, duftige Wellen ins blaue Meer und Schiffe, die wie Möwen auf der Dünung schaukeln. Mit einer angeborenen Grazie zeigen sie dem Betrachter ihr Lächeln. Dieser feste Glaube an etwas ist ihm irgendwann abhandengekommen. Er ist auf der Suche und möchte heute nicht mehr blöd angeredet werden. Das Unterschwellige in ihrem Ton … Na, lassen wir das.

Dem Himmel wurde das Blau schöngeredet. Am Tisch liegen in Zuckerlpapier eingewickelt rosa Herzen. Die Liebe bleibt selten keusch und den daraus entstehenden Wickeln entkommst du nicht. Da braucht's keine großen Künder. Da passt der Kohlrabi ins Gemüsebeet und der Kohlrabbi in die Synagoge. Wenn es jetzt, auf der Stelle, Manna und Sterntaler vom Himmel regnen würde, würde es ihn nicht wundern. Anna sagt: Von diesem verwaschenen Gewäsch wird dein Hemd nicht sauber.

Wenn er seine Suche bei Plato oder bei Aristoteles beginnt, kann er sich die Jahrhunderte danach schenken. Er stiert ins inzwischen leere Glas, weiß, dass die Zeit wegen ihm nicht stehen bleibt. Da geht sie hin. Er gibt sich einen Stoß, er muss diese Niedergeschlagenheit abschütteln, bevor sie ihn frisst. Im Bücherregal stehen sie, alphabetisch geordnet – Anna hat aufgeräumt –, und fordern ihn zum Salut auf. Er ist unentschlossen, braucht wie immer viel zu lange, um sich zu entscheiden. Bis du weißt, was du willst, habe ich Rousseau zweimal gelesen. Hier, nimm und verschwinde. Aus den Augen, bis mein Sinn umschlägt.

Ist Sattheit, Zufriedenheit ein Zeichen von Dekadenz, von Faulheit oder nur von Dummheit? Dumm sein vereinfacht das Leben, so lange man keine Dummheiten begeht. Du könntest dich höchstens zu Eseleien hinreißen lassen. Anna ist hinreißend, in ihrer Bosheit. Du bist eine richtige Klobürste. Aha, sagt sie, scheinbar bist du bereit für einen Dauerlauf.

Nicht alle Begräbnisse gefallen sich in Routine. Manche stoßen dir ein Messer ins Herz, zusammengepresste Lippen verschließen den Mund, Augen, gefüllt mit Abschiedstränen. Das große Loch, das er hinterlässt, wird langsam verschwinden. Mensch und Welt sind eine Einheit. Es darf nicht zum Zerwürfnis kommen. Wenn der Wille des Schicksals einen Bruch herbeiführt, die Zahnklammer entfernt, kracht es wie im Geschlechterstreit, dann fällt die Welt als entfesseltes Inferno über die Menschen her. Was danach geschieht, ist nicht berechenbar. Wenn Gewalt Hemd und Hose verliert, zeigt sie ihr wahres Gesicht. Das Böse versteckt sich niemals auf Dauer. Meist betritt es die Bühne, wenn wir uns im Dunkel des Zuschauerraums, in der Masse, in Sicherheit wiegen.

Sie hat ihn über den Teller gezogen, diese Heuchlerin. Über den Rand, bis zur Speisekarte. Ein globales Menü von Paris zum chinesischen Neujahr, vom grünen Spinat zu den Osterglocken beinhaltet ihr Angebot.

In der Speis fand sich noch Speiseeis, im Spiegel das Ei von einem Koch aus Shanghai, Haifischflossen in ovalen Dosen, in geringen Mengen zu genießen, vermengt mit Koriander aus Korea, mit Chutney aus dem fernsten Osten.

Über die Stufen der Veranda zum Garten hinuntergestürzt, im Blumenbeet des Großvaters hat er das Vaterunser beten gelernt.

Sie hat alle Register der Verführung gezogen. Sie hat sich nicht geniert. Er sich auch nicht. Er hat eine Flasche Bier geöffnet, den Kessel angeheizt und als armes Würstl rührte er die Gemüter. Es blieb ihm nichts anderes übrig.

Friedrich wollte nach Debrecen, in die Puszta laufend rennen, Senf und Kren, Pusteblume, Rußflankerl von der Stange, direkt vom Docht soll der Spargel gut schmecken. Er wollte sich treu bleiben, war fest entschlossen, sich nicht über den Tisch, über den Teller ziehen zu lassen. Das große Los wollte er ziehen, ans andere Ufer wollte er, mit dem Fahrrad, mit dem Auto, in eine andere Welt, ins Kino, ins Theater, ins Kabarett, Kunst und Kultur aus der Nabelschnur. Das Unterbewusstsein trat ihn in den Hintern, er wankte, spreizte die Beine, stemmte die Fersen gegen den Boden und zog eine Spur über den Asphalt. Herzblut verblute, eine neue Epoche, neben der Preisliste in der Fleischbank ausgehängt, beim Kiosk, über der Eingangstür. Der flambierte Mittagstisch, mit Unterhose und Socken, mit Erbrechgesängen. Sie hat ihn gekauft. Seine Schwäche war in den Händen lesbar, eingraviert, die Linien mit Buchstaben und Nummern bezeichnet, Planquadrate, die Logistik für Krauthäuptl und Paradeiser. Der Lieferant der Gurken, der Erdäpfel und der Bohnen hatte den Tresor mit seinem Fingerprint verschlossen, polizeilich versiegelte Lippen, rechts und links aufgedrückte DNA, als rote Signatur gestempelt.

Das Scheckbuch seiner Tante bezahlte die Zeche. Sie hatte die Schlacht mit Messer und Gabel gewonnen, den Sieg ausgekostet, den Picolit ausgetrunken, einen Espresso nachgeschickt. Das war's. Seine Dankbarkeit küsste ihre Hände bis zum Hals. Im frisch überzogenen Bett bauten sie ein Nest bis unter die Dachrinne. Wohnung mit Aussicht auf längeren Verbleib, ein Hauch von Glückseligkeit ließ die Fensterscheiben anlaufen. Die Milchglasproduktion delektierte sich an Euter und Zitzen. Nichts reizt eben mehr als das originelle Produkt einer phantasievollen Küche, die Auflistung der Zutaten, der Gewürze, der Grundlagen, bis das Wasser im Mund zum Schäumchen wird. Nichts erzürnt Friedrich mehr als das Gegenteil. So zog sie ihn über den Teller, bis zum Abgrund der Suppe, mit weitem Blick über Töpfe und Pfannen. An den Ufern dieser Gestade zeigten sich appetitliche Schalen- und Schuppentiere. Er verspürte den Drang, sich über all ihre

Köstlichkeiten zu beugen, um den Duft bis in die hinterste Gehirnwindung strömen zu lassen. Seine Augen quollen aus den Höhlen, saugten sich an dieser Pracht fest, wurden größer als sein Essvermögen, sein Widerstand zerbrach wie ein zu Boden gefallener Spiegel in tausend Scherben. Es war großartig. Mehr war dazu nicht zu sagen und dagegen nichts einzuwenden. Jetzt nicht mehr. Obwohl: Sie hätte ihn genauso gut vorher einweihen können. Nun, die Überraschung war gelungen. Die Gebote der Kochkunst sind heilig, wurden von Kirchenleuten immer besonders geschätzt, selbst zur Fastenzeit nicht verteufelt, vom Trinken gar nicht zu reden, da würde er selbst den einfachsten Wein als solchen genießen und niemals in Wasser umwandeln lassen. Doch zu viel hat er sich zugemutet, es „wandelt" ihn, einen Kreidestrich für den Probelauf, ein Schnäpschen. Und jetzt, mein Freund, nehme ich dich bei der Hand, zieh dich am Ellbogen, nehm dich beim Wort. Verabschiede dich und sag: Bis morgen.

Drei Sterne aus dem Michelin-Gestirn, drei Weise aus dem Morgenland strahlten über dem Weg, leuchteten dem Seligen bis vor die Haustür, ein Schritt, langsam, und noch einer. Im Bett deklamierte er laut und mit deutlich klarer Aussprache die Speisekarte, als würde er in einem Stück von Shakespeare auftreten, und der Duft der Speisen folgte ihm in seine Träume.

Im Paradies gibt es einen Apfelbaum, nur den gewissen einen. Er aber liebt die Abwechslung, die dreifaltige Vielfalt: Vor- und Hauptspeise, Nachtisch. Ehrfürchtig faltet er die Hände vielmals dankend über seinem Bauch und betet, damit sich dieses Wunder gegebenenfalls wiederholen möge.

Friedrich schlendert gerne durch die Stadt, er genießt sie, atmet sie ein, studiert die Menschen, setzt sich an einer Straßenecke an ein Tischchen und bestellt eine Melange.

Schau dir diese Leute an, wie freundlich sie zu sich selber sind. Man könnte beinah an einem Neidkomplex ersticken. Sie schauen sich in den Spiegel, aber erkennen sie sich? Wie geht es dir damit, schaust du dir auch ähnlich? Anna schüttelte verzweifelt den Kopf: Wenn dich wer hört. Aber Friedrich war nicht zu bremsen. Ich sage dir auf den Kopf zu, dass das stimmt. Du kannst wählen: Kopf oder Zahl. Wer, glaubst du, würde auf deinen Kopf setzen? Probier, ob du in deinem Kopf sitzen, ob du dich auf deinen Kopf setzen kannst. Sitzen werden sie alle, auf ihrem Hintern. Schauen sich diese Menschen ähnlich, weil sie Unsummen für Kleidung ausgeben, um ihren Idolen zu gleichen? Laut Statistik steigen unsere Schulden und deshalb schuldet sie uns eine Erklärung. Wären wir endlich aufgeklärt, gäbe es diese Masse an Menschen, die sich selber verwechselt, nicht. Mein Vortrag stützt sich auf Zahlen von 2014. Ich werde sie dir nicht nachtragen.

Schau dich um. Der gleiche Typ, gleiche Krawatte, ähnliche Bewegungen, selbe Frisur. Hobby: Golfen. Wie Zwillinge. Sie sind nicht aus der Retorte, sie sind ohne Samenspende entstanden, wurden nicht geklont. Friedrich verschickt seine Ansichten auf Ansichtskarten, beschreibt sie so exakt, dass sie immer an der richtigen Adresse ankommen. Das große Spiel beginnt. Setzen Sie dagegen? Man muss nicht immer gleicher Meinung sein. Verschiedene Blickwinkel bedingen andere Erkenntnisse. Aber irgendwann begreift man, dass wir so sind, weil wir so sein müssen. Leider behält die Masse fast immer die Oberhand. Wenn du sowieso weißt, dass das so ist, warum denkst du dann weiter darüber nach? Anna bitte! Trink deinen Kaffee aus. Du wirst das nie begreifen.

Die Rotzglocke des Jungen läutete bis zur Oberlippe, aber er schnäuzte sich nicht und wischte sie auch nicht weg. Es galt, den Osterfrieden zu wahren. An den violetten Vorhängen traute sich kein Windhauch zu rühren. Regungslos hingen sie über den Altarbildern, verwehrten so den Blick auf diese. Aus den Tälern der Einsamkeit war das bisschen Hoffnung längst entschwunden. Auf den Hügeln ringsherum leuchteten Feuer wie mahnende Gebete. Sie saßen wie unberechenbare Raubtiere in ihren Käfigen gefangen, und keiner dachte nur im Geringsten daran, auszubrechen. Manchmal hörten sie Stimmen, glaubten, welche zu hören. Aber wer hier Stimmen vernahm, musste verrückt sein. Wäre das, unter diesen Umständen, nicht normal gewesen? Man quälte sich mit der Wunschvorstellung, es gäbe ein Familienleben. Aus den Schriften wussten sie um ein solches, nur konnten sie sich darunter nichts vorstellen.

Die Rotzglocke bimmelte, schellte lautlos, als wollte ein Narr Alarm schlagen. Man schlug sich mit diesen unbekannten Größen herum, baute die eigene Vorstellung der idealen Welt in den Sandkasten, stellte seine Idole aufs Fensterbrett, träumte von einer Idylle, die es nicht gab. Die Wirklichkeit schaute anders aus. Man schloss die Augen vor ihr, die Wahrheit hatte kein Gesicht. Mit geschlossenen Augen fühlte man sich sicher, betrog sich selber, zog die Lüge allem anderen vor, weil es sich so bequem damit leben ließ. Das ist die Wahrheit.

Ein sonnenbeschienener feuchter Märztag. Im Märzen der Bauer … Das war lange her. Die Felder, gerade noch unter einer Schneedecke verborgen, zeigten ihr ersticktes Grün, streckten Arme und Beine vom Dorfrand bis zu den ersten Bäumen des angrenzenden Mischwaldes. Irgendwie passten die Krähen nicht in dieses Bild. Die Menschen im Dorf waren krank, litten an etwas Undefinierbarem, das Wort fehlte in ihrem Vokabular. Angst eilte wie eine Epidemie durch die Gassen, verteilte rechts und links hysterische Anfälle, setzte sich wie ein Alb auf die Brust des

Großvaters und freute sich über den keuchenden Atem des Gepeinigten. Die Hoffnung erstickte im Keim, die Natur kochte auf Sparflamme. Was war das für eine Stimmung. Sie schlichen apathisch herum, warteten teilnahmslos auf Veränderung. Aber selber unternahmen sie nichts.

Jetzt läutete sie wie sonst die Sterbeglocke. Jetzt hörte Friedrich die Krähen, Wind kam auf und brachte Bewegung ins Dorf. Der Verkehr brauste an den Straßenlaternen vorbei und der Lärm brach sich an Plakat- und Häuserwänden. Morgen wird der Tag neue Kleider anziehen. Morgen wird Friedrich wieder in der Stadt sein.

Jahreszeiten fragen nicht, wie's dir geht, sie machen dich schonungslos älter, reißen die Kalenderblätter ab und die Tage verströmen durchs Stundenglas. Ein Schuss reißt ein Loch ins Leben. Das auf seine Chance lauernde Böse setzt sich durch. Wer soll diesen Tod vergeben? Ein Fremder. Ein belangloses, unauffälliges Leben. Camus deutet die schiefe Lage. Bringt er Meursault vor Gericht? Tut er's oder tut er's nicht? Verurteilt Literatur den geschriebenen Mord oder spricht sie ihn davon frei? Ist mit Geld alles zu richten? Was ist die Moral der Gesellschaft wert? Wie verhält sie sich gegenüber der Macht, dem Mächtigen? Seine Neugier ist noch lange nicht befriedigt.

Falls Camus seine Geheimnisse im Gepäck verstaut hatte, gingen sie bei der Karambolage verloren und die Erklärungen verstarben noch an der Unfallstelle.

Das Sehnen nach der Sehnsucht fühlt sich an wie das Ziehen im Oberschenkel. Sein Schnarchen wird von einem gefährlich drohenden Schnapper unterbrochen. Wie das Geräusch einer Dampfmaschine, wenn sie Luft ablässt, erklärt Anna. Sie ist besorgt um seine Gesundheit.

Die Welt ist eine Blenderin! Friedrich meidet das Morgenlicht, indem er meist spät aufsteht. Er hat die unbegründete Angst, die Sonne könnte ihm mit der Kaltnadel die Netzhaut gravieren. Morgen früh treibt ihn ein unaufschiebbarer Termin nach München. Eine Verabredung, die er selber bestimmt hat und deretwegen er so nervös herumsaust, als gelte es, eine Weltreise anzutreten. Die Stadt wird ihm keinen Meter entgegenkommen. Friedrich reist lieber ins Blaue, zieht sich Polarkappen über, schlüpft in die Windhose, nächtigt unter Palmen, stößt sich kraftvoll vom Meeresgrund ab und schwimmt mit der Kitschfassade des Mailänder Doms durch den Lago di Como. Wie wäre es, wenn er gar nicht erst aufsteht, die Vorhänge zugezogen bleiben, der Rollladen seinen Arsch nicht bewegt, höchstens eine Augenbraue zuckt. Mein lieber Herr Canetti! Keine Blendung! Dafür goldene Ohropax, achtunddreißig Grad Lampenfieber, wenn Sie persönlich nachprüfen wollen, eine gebrochene Sprungfeder unter dem Bett. Morgen ist alles anders. Dreh dich nicht um, Frau Lot.

Halt sie fest, hat sie gesagt. Halt sie fest. Das fängt ja gut an.

Die Mohnkronen der Zuckerbäckerei hängen in den Gärten der Semiramis, die Welt verendet im Blitzlichtgewitter der Paparazzi. Leise schließt er „das Fenster zum Hof“, rettet damit die Szene und opfert einen Teddybären auf dem Altar von Hollywood. Die duftigen Kronen verschickt er in Metallbehältern des Filmverleihs an seine Vertragspartner. Lügen sind nicht seine Sache, aber ein einträgliches Geschäft.

Das ist zum Aus-der-Haut-Fahren! Ja, hat sie gesagt, aber zuerst fahren wir nach rechts, Blinker, und abbiegen. Sie weiß wieder einmal alles besser.

Der Stephansdom hat am 26. Dezember Namenstag. Mit den kalten Füßen der Frühmesse, einem eisigen Gebetshauch vor dem Mund, behängt er sich mit Lametta und Sternenglanz, tropft sich Herzblut in die Augen, bis er wie diese modernen Led-Lampen strahlt. Der Touristenschwarm weicht ängstlich zurück. Mit der Stimme eines Engels verschafft sich der Mesner Autorität: Fürchtet euch nicht! Ein Chinese hat sich als Erster gefasst und ruft laut: Steln von Bethlehem, das ist Steln! Es ist der Stern von Bethlehem, verkündet der Dompfarrer. Die Segenshand hebt sich erst, wenn der Klingelbeutel überquillt und die Erlagscheine ausgefüllt sind. Ein klein wenig wartet Friedrich noch. Dann setzt er ihre Kontonummer ein und fälscht die Unterschrift.

Der junge Mann an Friedrichs Tisch, er schätzte ihn auf achtzehn, höchstens zwanzig, war vertieft in die Zeitung, so als suche er nach etwas, das nur ihn persönlich anging, eine Nachricht von der Geliebten, eine Chiffre, den Code für ein Banksafe. Zwischen den Brauen hatte sich eine senkrechte Falte gebildet, er bemerkte nicht, dass ihn Friedrich über den Brillenrand verstohlen musterte. Dann hob er den Kopf, legte das Blatt beiseite, griff nach seiner Kaffeetasse und es hatte den Anschein, als würde er Friedrich zuprosten. Diese Geste barg nicht den geringsten Anlass, ihn anzusprechen, aber Friedrich konnte es nicht lassen. Kennen Sie Doderer? Beinah erschrocken entfuhr dem Mann: Tut mir leid, wo ist das?

Im Land des Vergessens erinnern Inschriften, neben Eingangstüren, an Hauswänden angebracht, an die großen Töchter und Söhne. In diesem Haus wohnte Ingeborg Bachmann, da Ludwig van Beethoven, und hier strudelt sich die Stiege. „Wenn die Blätter auf den Stufen liegen, könnt ein Doderer die Stiege runterfliegen.“ Die Frage nach Herzmanovsky unterließ er sicherheitshalber. Wahrscheinlich wäre dem jungen Mann der skurrile Tausendsassa wie ein Außerirdischer vorgekommen.

Wird man eines Tages auch Kafka vergessen haben?

Seit seine Zuträger, Obdachlose, arme Hunde, denen er ab und zu einen Schein zusteckte, Vertrauen zu ihm gefasst hatten, versorgten sie ihn mit dem neuesten Tratsch, erwähnten ganz nebenbei, wo wegen Geldmangel was verscherbelt wurde. Manche erleichterten einfach ihr Gewissen oder luden ihre Sorgen bei ihm ab. Natürlich wiesen sie vorher darauf hin, dass das ein Geheimnis zwischen ihnen bleiben müsse. Er schrieb alles auf und legte diese Protokolle in einen ausgesteuerten Wäschekorb. Als der überging, begann er, sie auf den Stellagen im Keller zu lagern. Er hortete sie wie Schätze aus einer vergangenen Zeit. Die Leidenschaft des Sammelns griff zu. Was er kriegen konnte, nahm er mit. Fußabstreifer, Blechspielzeug, Bücher, Geschirr, Vasen. Ohne nur im Geringsten nachzudenken, ob diese „Antiquitäten" noch einmal nützlich sein würden, hob er sie auf. Geschirr, Schallplatten, Murmeln, Günter Grass und Hemingway. Er wurde Stammkunde bei Altwarenhändlern, trieb sich auf Floh- und Antikmärkten herum und lernte so, mit den Jahren, die Spreu vom Weizen zu unterscheiden. Anfangs glaubte er, alles zu wissen, und verstand nichts. Schnell wurde ihm klar, dass er ohne Fachliteratur nicht mehr auskommen würde. Er folgte seinem Instinkt, und mit einer ihm unbekannten Disziplin begann er, ein nach Sachgebieten und Nummern geordnetes Archiv anzulegen. Er musste seine Leidenschaften auf bestimmte Gebiete einschränken. Verleumdung und Vernaderung wurden seine Spezialfächer. Eines Tages werden einige dafür teuer zahlen müssen. Die einen für eine Goldscheider-Figur, die anderen für das, was sie ihm einst, leichtsinnigerweise, anvertrauten. Sie lästerte natürlich über seine Spinnereien. Restaurant Hemmers, sagte er dann und schon schnurrte sie wie eine Katze, die man streichelt.

Er hatte seine kakanischen Erbanlagen keinem karibischen Staat, auch keinem Banker anvertraut, und dennoch waren sie auf der demokratisch republikanischen Insel Österreich abhandengekommen. Irgendwann hatte er sie vergessen, wie man vieles vergisst, das plötzlich keine Rolle mehr spielt. Seither nannten sie ihn einen Europäer und allmählich begann er, sich als solcher zu fühlen.

Sein Leben wies eine gewisse Anzahl sogenannter Sollbruchstellen auf, die geschickt kaschiert kaum auszumachen waren. Sie glichen trügerischen Schneebrücken über Gletscherspalten. Unsichtbare Schwachstellen, die das Leben traumatisieren und ordentlich durcheinanderwirbeln können. Tückische Fallen, an denen sogar das Radar der Fledermäuse versagt. Freigeister wie Friedrich schreckte das nicht.

Seine Biographie sitzt an einer Weggabelung, am Rande eines Rotweinglases. (Ein Teufelchen, das er in kleinen Schlucken hinunterspült.) Ein schwacher Druck auf den Gaumen – sie beschwert sich über die Enge seiner Kehle, schlingt sich gehorsam den Weg zum Magen hinunter, windet und gurgelt durch die Gedärme und tritt am Ende von der Kirche aus. Das nennt er barocke Lebensart. Alles andere wäre unter den Mauern des Klosters unvorstellbar. Wenn es dann zum ersten Mal in der Geschichte Tränen regnet, zeigt der Himmel sein Einsehen.

Über welterschütterndes Geschehen wird augenblicklich, aktuell, berichtet. Wegen Ereignissen, die niemanden bewegen, die nichts verändern, folglich keine Einschaltquoten bringen, wird keine Zeile verloren. Wenn der Himmel unten und die Erde als Wolke drüber schwebt, wo befinden sich dann die Träume, wohin fällt das Obst, wenn es reif ist? Keine Mauern, keine Zäune, die Freiheit winkt mit knöcherner Hand, der Tod rückt sie ins helle Licht der Laterne und zeigt die Ausweglosigkeit. Ihm entkommt nicht einmal ein Furz. Wer beschreibt ein persönliches Scheitern, die Katastrophe besser als er? Und in Japan? Er meint die Politik! Ja. Warum sollte die ausgerechnet in Japan eingreifen?

Das Leben kennt seine Stationen, die unzähligen Haltestellen. Nur aussteigen ist für ihn nicht drin, aussteigen muss man sich leisten können. Ohne finanzielle Absicherung zum Sandler umsteigen? Dazu ist es in den Bahnhöfen zu kalt und auf den Bahnsteigen war es zugig. Das Leben ist hart. Hartnäckig und stur. Er wischt sich mit dem Handrücken den feuchten Schleier aus den Augen. Auf dem Nebensitz liegt eine zerknüllte Zeitung, sie ist von gestern, eine ewiggestrige. Wenn jetzt ein Arzt sein Zugabteil betreten würde, würde er sehr betreten dreinschauen, verwirrt und nervös zittern. Würde er seinen Blutdruck messen, warten draußen Sanitäter mit einer Bahre? Der Notarzt setzt ihm eine Spritze direkt ins Herz. Ein Stich, der vermutlich ähnlich schmerzt wie die Liebe. Im Allgemeinen Krankenhaus schaut er in die Reh-Augen einer Krankenschwester und versucht, sie in seinen Schlaf mitzunehmen.

Wenn Friedrich laut über die Erbsünde nachdenkt, stellt er zuerst Folgendes klar: Da es sich um ein Legat handelt und er nie gefragt wurde, ob er dieses Erbe denn annehmen wolle, ist er nicht haftbar zu machen. Die Kirche löst diesen Fall auf ihre Art. Durch die Taufe entledigt sie uns von dieser Schuld und durch die Mitgliedsbeiträge tilgen wir später die daraus entstandenen Schulden. Das Kuriose aber ist, dass wir uns durch Stornierung des Abbuchungsauftrags freikaufen können. Im Nachlass seines Vaters befand sie sich jedenfalls nicht. Von wem soll er diese Sünde geerbt haben? Von der Mutter, einer Tante, dem Onkel? Als sie verstarben, ließen sie ihn als Querschädl von Format und mit dem, was er selber angespart hatte, zurück. Aber geerbt hat er keinen Heller. Dafür haben sie ihn mit einer ordentlichen Portion Hausverstand und gesunden Genen versorgt. Seine Verwandten? Keiner von ihnen besaß Immobilien, Aktien oder sonstige Wertsachen. Und da keiner von ihnen in einen Sündenfall verwickelt oder an einem beteiligt war, konnte er selbstverständlich keine Sünde geerbt haben. Mit dem freundlichen Kirchenmann, der mit dem Finger darauf hingewiesen hatte, besuchte er einen Notar und der bestätigte, dass in keinem der von ihm geöffneten Testamente von einer zu erbenden Sünde die Rede gewesen war. Er legte Friedrich die Hand auf die Schulter, es kann nicht schaden, wenn Sie die Erbmasse drei Mal genau durchleuchten, bevor Sie Ihr Erbe annehmen.

Die Politik verspricht Freiheit, gaukelt uns die seligmachende vor und weiß genau, dass sie dieses Versprechen nicht halten kann und auch gar nicht halten will. Was sie nie ausspricht ist, dass sie, ähnlich einer Sucht, Abhängigkeit schafft und dass sie eine Spinne ist. (Sie baut Netzwerke und lauert auf ihre Beute.)

Wenn Friedrich einmal mehr Glücksgefühle einheimste, als er an einem Tag, in einer Woche verbrauchen konnte, legte er den Überschuss auf die hohe Kante. Man weiß ja nie. Bis heute hat ihn kein Mensch vor drohendem Unheil, vor persönlichen Katastrophen gewarnt. Er hat inzwischen den Eindruck gewonnen, dass sie ihm diese insgeheim wünschen und gespannt, wie Jäger auf das Wild lauern, auf seine Reaktion warten. Sie Freunde zu nennen, ginge zu weit und als Feinde wären sie jedenfalls überschätzt. Ihm bleibt keine Wahl und warum sollte er wählen. Sie zollen ihm Achtung, indem sie vor ihm den Hut ziehen, zu mehr Intimität fehlt ihm das Verlangen.

Er hat sein Schicksal, als gegebenes, sehr spät angenommen und genießt die innere Zufriedenheit. Als junger Mensch war es ihm unmöglich, es als solches zu akzeptieren. Einer Katze gesteht man sieben Leben zu. Die Katze selber ist unfähig, dieses ideelle Privileg zu erkennen. Wenn er die Chance gehabt hätte, auf eines dieser Leben zu setzen, hätte er wahrscheinlich das falsche Pferd erwischt. Die Zufriedenheit birgt das Glück wie der Korb das Brot und das Fass den Wein.

Sobald wir uns ins Unvermeidliche fügen, trifft uns eine etwaige Strafe entweder gar nicht oder sie streift uns in Momenten des Selbstmitleides nur leicht. Glück ist eben eine Momentaufnahme. Es dauert etwas länger als ein Blitz von den Wolken zur Erde braucht, aber längere Phasen würden uns nicht behagen. „Ich halt's vor Glück nicht mehr aus." Dieser Spruch schlägt den Vergleich mit einer ähnlich gelagerten Pleite, dem Wunsch nach dem ewigen Leben. Über alles, was uns, weil wir es nicht haben können, erstrebenswert scheint, kann man lange, in alle Ewigkeit diskutieren. Selbst Einsteins Relativitätstheorie musste lange auf ihre Bestätigung warten. Wenn wir also vom aktuellen Punkt unseres Wissens ausgehen, muss es erlaubt sein, an das „alles ist möglich, auch wenn es zum heutigen Zeitpunkt unmöglich scheint" zu glauben. (Ohne zu berücksichtigen, dass glauben nichts wissen bedeutet.)

Man hat ihn auf die Schaufel genommen, auf die Tortenschaufel – Friedrich ist so ein dankbares Opfer –, hat ihn ausgelacht; am glatt gebohnerten Parkett ausgerutscht, als Gedicht zu Boden gefallen, in hundert Silben auseinandergesplittert, er ist so zerstreut. So ist er unbrauchbar. Sogar das Preisetikett entfernte sich durch die Doppeltür.

Wie teuer ist das Leben? Kostet es einen Lacher, sechzig Cent, Nelken, Jahre? Ein Maßstab ohne Wert, der gläserne Mensch, keine Schere, kein Messer, kein Nerzcape. Über den Wolken soll sie sein, die Freiheit der Schäfchen, die Landschaft der Tierschützer. Mit Pinsel und Farbe, mit Spraydosen, mit Verachtung, wertlos, ruiniert, die Freiheit der Kunst zu Tode geküsst. Ein Schuss Zitrone, ein Schuss Cognac, ein Schuss ins Leere, eine Fahrt ins Blaue.

„Ausgsteckt is", Heurige. Heurige Erdäpfel, hybrid, Gen-manipuliert. Davon war im Reiseprospekt nichts zu lesen. Hast du's schon zum Altpapier gegeben? Zur Weinlese Weinlesebücher mit Großbuchstaben, ausgemusterten Lettern, schwarzen Katzen, Sandgruben, Smaragde bis zur Stadt Krems, Schwemmland der Donau so blau, so blau war er. Wie die Zeit vergeht. Nichts ist vor ihr sicher, immer die alte Leier, sechzig Sekunden, sechzig Minuten, in einem ICE sechzig Jahre durchgefahren, neben der Blutwurst und den Grammeln. Ohren in Schmalz gebacken, Schweinsohren, ein Wienerschnitzl. Im Prater blühn die Bäume bis zum Himmel, bis zum Abend. Dann hängt er die Nacht vor die Schießbude, vors Hotelfenster, dreht das Fenster zum Hof, dreht am Lichtschalter, die Aussicht ist nicht rosig. Morgen, ein Vorstellungsgespräch, was er für Vorstellungen habe. Er schweigt. Er schweigt zu allen Fragen. Hätte er seine Vorstellungen preisgegeben, hätte er sicher keinen Preis dafür bekommen. Keine Arbeit, no money. Seine Einsicht kommt spät, zu spät. Ihr passte das gar nicht. Arbeitslose, verpflichtend gewinnbringend angelegt, Hand angelegt, an den Hals, an die Truthahnhaut, blau anlaufend, erstickend, gruselig, Mörder. Sie werden gesucht, die Kronenzeitung zeigt auf Seite fünf Ihr Foto, man fahndet nach Ihnen, in welcher Stadt, in welchem Staat. Ich habe einen Flug unter falschem Namen gebucht, in ein falsches Land, Afghanistan. Acht Semester Mohnanbau studiert, groß eingestiegen, kleinlaut aus dem Fenster gewunken. Gut angelegt, schlechte Ernte. Kein Mensch zeigt Geduld, ich bin geduldet, nicht mehr.

Amerika, Land des Fingerprints, Sammelstelle seiner Herzkurve, der Lebenslinie, der Haut, die unter den Nägeln brennt. Ein kleiner Einbruch, Knast, Ausbrecher, Hasch-mich-Verkäufer. Das nennt sich Erfahrungen sammeln.

Nach Österreich ausgeliefert, Riesenradtrottel, dem Staat ein Kunststück, ein Meisterstück geliefert, Akrobat, Küchenhelfer, Kaiserschmarrn. Auf diese Berufe darf man stolz sein. Der Boden ist heiß, hält seine Füße warm, seine blutunterlaufenen Finger, sein gespaltenes Ich. Geht es dir gut, Friedrich?

Gefoltert wird bei uns nicht, hat man ihm gesagt. Morgenrot, abends tot. Ich bin sicher, man hat ihn geheiratet, um ihn in Gewahrsam zu nehmen. Der Donauwalzer, ein Koffer, die Hochzeitsreise. Morgen im Stadtpark, alles klar, sagen wir um zehn?

Das große Treffen der berühmten Männer: Bruckner, Strauß und Drogenhändler. Karl-May-Glöckchen zwischen frischem Stadtgrün, Pensionisten, die ihre Rente verfüttern. Enten sind anspruchslos dankbar. Sie paaren sich, brüten gehörlose Taubeneier, stumpf, gleichgültig, so kann man Zeit verplempern. Die Wiese ist grün, der Himmel blau, die Bäume hoch, die Lage beschissen. „Gemma tauben vergiften im Park". Ein Chanson d'amour. Zärtlich zieht der Frühling Brust an Brust, Stirn an Stirn, Mund an Mund, Hand in Hand durch den Park, bis es dämmert. Für den Rest hat die Verwaltung der städtischen Gärten Abfallbehälter aufgestellt, zu seiner Sicherheit, er muss da durch, durch den Taubenkot, die Entenscheiße, das Hundeverbot. Durchgang bis auf Widerruf. Wann rufst du mich an, ich warte auf den Klingelton. Call me, ich bin dein treuer Hund, meine Nummer findest du unter dem Halsband, 4366473.

Der Regen war's. Der Stadtpark hat sich im aufsteigenden Dunst versteckt. Über die Brücke, die Wien, der Redefluss, der Zeitfluss, Nebel. Und deshalb hinein mit uns, in die Meierei. Ja, ja, der Siebert, der Siebert …

Sie haben ihn auf die Schaufel genommen. Die Schaufel des Totengräbers klingt anders. Diese hier trifft ihn nicht besonders hart.

Heute kreuzen sie mit kleinen Raupenfahrzeugen am Friedhof auf und baggern die Rechtecke maschinell aus dem Boden. Dann erscheint die Trauergemeinde mit dem Pfarrer, der den Kondukt anführt. Der Bestatter lässt mit seinen Gehilfen langsam den Sarg hinunter. Ein paar Abschiedsblumen, ein paar Abschiedstränen, Weihwasser, Schaufel, Erdschollen poltern auf den Sarg, Kreuz eingerammt, Kränze laut Bühnenregie drapiert, ein prüfender Blick zurück, auf ins Wirtshaus. Kann man ein Begräbnis schöner begehen?

Eine Beamten- oder Befehlsempfängermentalität ist keine Frage der Nationalität, es ist egal, in welchem Land man sich gerade befindet oder in welchem man aufgewachsen ist. Die Schikane lauert überall auf ihre Chance. Aufgeplusterte Ausgeber von Befehlen und dankbare Empfänger. Nicht alle sind Soldaten.

Volksempfänger, so hieß einmal ein Radio. Vielleicht haben sie den Namen schon einmal gehört oder noch im Gedächtnis. Moderne Kommunikation bewegt sich auf einem anderen Level. Die alten Begriffe haben sich nicht geändert.

In seiner Wohnung lagert Friedrich Gesprächsstoff für hundert Tage. Hinter der Zuckerdose, in der kleinen Hausbar, in Büchern, in Heften, nach Metern, in Ballen, mit Streifen, mit Sternen, mit Blümchenmuster. Kleinkariertes findet sich hier nicht, das haben Sie auch nicht erwartet. Wenn er zwei Meter Stoff gesammelt hat, verschließt er einsachtzig in einer Lade. Der Rest, sagt er, reicht für das Gartenfest, denn um zehn sind eh alle betrunken. Das sagt er nur mit den Augen, unter vier Augen, mit einem Augenzwinkern, spöttisch. Er kann's einfach nicht lassen. Dem Schuss aus der Hüfte, an Thomas Bernhard kommst du nicht vorbei, weder in guten noch in bösen Tagen, folgt gleich der nächste: Wo tritt der Österreicher hin und was denkt er sich dabei. „Und was geht mich das an?" Friedrich, so was kann ins Auge gehen.

Er schwärmt für Kuriosa und Märchen. Da wird sein Herz ganz nass. Er wünscht sich einen Flügel mit grünen Tasten und leuchtenden Augen. Naja, ein Klavier tät es auch. Es muss nur schön sein, denn spielen kann er nicht. Stell dir dieses Instrument in seinem Wohnzimmer vor, alle Blicke darauf gerichtet. Es wird die Augen niederschlagen und erröten. Die grünen Tasten werden anschlagen, Akkorde durchs Fenster ins Freie fliegen, sich wie Vögel auf Gartenmauern setzen und applaudieren. Schwarz polierte Beine in Netzstrümpfen tänzeln spielerisch um den Tisch mit den Rosen in der Vase. In der Schreibstube der Brüder Grimm liegt ein Buch: weiß wie Schnee, rot wie Blut. Das Leben streicht über die Haut, massiert ihm den Rücken, fragt, wo es beißt, und kratzt ihn dort. Das mag für dich unappetitlich klingen, aber ihm tut es gut. Er schmiegt sich in diese Hand, genießt diese Vertrautheit.

Genau so stellt er sich das vor. Im großen Salon steht ein Flügel oder ein Klavier. Dieses Schmuckstück klimpert leise ein Weise. Albert sagt, er hat ne Meise. Aber Albert kann sich diese Szene nicht vorstellen. Er behauptet steif und fest, ein Flügel stünde nur auf einer Bühne, auf einem Podium, und ein befrackter Pianist spiele darauf Konzert. Er hat noch nie einen Konzertsaal betreten. Wenn er Musik hört, dann aus dem Radio, und da schläft er regelmäßig ein. Er sagt, Friedrichs Klavier sei sicher aus Plastik, giftig grün, mit Schlafaugen, wie die Puppen seiner Schwester, an die erinnert er sich genau. Weil es lange her ist? Alles, was tief in der Vergangenheit ruht, liegt bei Albert obenauf. Er zieht immer an der richtigen Schublade, hat sofort das, was er sucht, bei der Hand. Frag ihn nach etwas, das vor dreißig Jahren geschah. Du wirst staunen, er googelt im eigenen Gehirn. In letzter Zeit hat Friedrich ihn ein paar Mal im Weinkeller erwischt. Er interessiere sich für Weinetiketten, gab er vor. Worauf Friedrich spöttisch:

Wer's glaubt, murmelte. Lass ihm seinen Willen, sagte Anna, er trinkt nicht wirklich, oder?

Nächste Woche beginnt die Apfelernte. Die Leiter ist zu reparieren und die Körbe müssen aus dem Schuppen geholt werden. Wer die Zeit totschlägt, ist zwar kein Mörder, aber du sollst arbeiten und nicht herumtrödeln.

Der König verneigt sich und tötet. Herta weiß das.

Der Anblick des Gefolterten auf dem Foto lässt ihn erschauern. Ihm wird schlecht, wenn er sich diese Schmerzen nur vorstellt. Er faltet die Hände hinter seinem Rücken zu einem festen Knoten, dann drückt er sie nach oben, fünf Zentimeter schafft er gerade. Die Anstrengung treibt ihm den Schweiß aus den Poren. Das ist kein Angstschweiß, er probiert nur. Wie kann man solche Torturen überleben? Traumatisiert bis ans Ende der Zeit.

Mein Klavier, fantasiert Friedrich weiter, hat paprikagrüne Tasten, steht im Zentrum meiner Wünsche und beruhigt meine Nerven.

Anna hat sich ein Nervenkostüm schneidern lassen. Morgen, wenn wir ins Theater gehen, trägt sie es zum ersten Mal. Guter Stoff, meint Albert. Nimm deine fettigen Hände weg.

Anna mag das nicht!

Als Kind hat Friedrich Briefe ans Christkind geschrieben, hat wegen seiner Schwester Zucker aufs Fensterbrett gelegt, damit der Storch sie ins Bein zwicke. Er wusste nicht, was das bedeutete, doch die Erwachsenen ermunterten ihn dazu. Du musst ein Stück Würfelzucker ins Fenster legen.

Dir mag es vielleicht egal sein, aber ihm bedeutet dieses Klavier alles. Du würdest niemals dein Geld dafür ausgeben. Er schon. Für ihn ist dieser Wunsch zur Manie geworden. Werbung produziert eben Wünsche. In der Bösendorfer-Straße steht er wie ein verliebter Gymnasiast vor dem Schaufenster und redet mit den ausgestellten Klavieren, den Flügeln, dem Harmonium. Alle tragen wegen seines so heiß geliebten Traums Trauer. Weiße Zähne, schwarze Tasten, grüne Erdmännchen, grüne Noten.

Albert albert mit der Katze herum, hat ein Klavier, schwarzer Lack, grüne Tasten, an eine Schnur gebunden und zieht es, wie einen Wurm an der Angelrute, immer ganz knapp an ihrer Schnauze vorbei. Ein paar Mal hakelt sie danach, dann erlischt ihr Interesse.

Aus dem schwarzen Loch in Friedrichs Kopf sickerte das Eingemachte, mischte die Buchstaben zu einem Kartenspiel, einzelne Karten wurden ausgegeben, gaben sich als Wörter der Völlerei hin, ein Brief wurde von Geisterhand durch den schmalen Schlitz geschoben. Seine Gedanken brannten ein Loch in das Leintuch und verschwanden. Mitten in der Nacht stand er auf, ging auf Zehenspitzen ins Wohnzimmer, setzte sich ans Klavier, alles, was er in diesem Moment fühlte, nistete sich in seinen Fingerspitzen ein und diese legte er auf die Tasten. So verharrte er, als sein eigenes Monument, bis er einschlief und im Traum wie Chopin zu spielen begann. Nennen Sie mich einfach Maestro. Sie wollen ein Autogramm für Ihre Tochter, ein Foto? Wie alt ist sie denn?

Albert rüttelte ihn an der Schulter. Lass das, Albert, das Konzert ist noch nicht zu Ende. Die Leute wollen sonst ihr Geld zurück, du weißt, dass wir uns das nicht leisten können. Albert brachte ihn ins Bett, der gute Kerl. Nur von Musik hatte er keine Ahnung.

Am Morgen kann sich Friedrich an nichts mehr erinnern. Zur Arbeit nimmt er die Straßenbahn. Zweimal muss er umsteigen und hat jedes Mal Glück mit dem Anschluss. Deshalb sitzt er heute früher als sonst an seinem Schreibtisch.

Jede geheime Information, Insiderwissen verbreitet sich unvermeidlich. Zäh wie der Brei aus dem Märchen, verteilt sie sich über den Garten, zwischen den Obstbäumen, quillt über die Straße, rollt zum Wasser hinunter und treibt mit den Blättern, zwischen den Ästen, mit der Strömung den Bach hinunter. Töpfchen, wackle mit den Henkeln. Jeder möchte sein eigenes Süppchen kochen und im Eifer vergisst man auf die Zauberformel, die den Vorgang abstellt. Bald ist es zu spät.

Wie schaffst du es, immer vor uns da zu sein? Ja, das wusste er selber nicht so recht. Früher aufstehen stimmte nicht. Ich richte mich nach meinem Stundenplan, war ebenso gelogen. Glück braucht der Mensch, grinste er. Und sie schüttelten ungläubig die Köpfe und rätselten weiter. Um zehn bestellte ihn der Chef ins Büro. Friedrich, wie lange arbeiten Sie schon bei uns, wir sollten uns über Ihre Zukunft unterhalten. Grüne Tasten, große Ohren. Er blieb ganz cool und hörte sich an, was der alte Herr zu bieten hatte, und das war nicht wenig. Es ging um seine Tochter. Er wollte sie verheiraten! Zuerst einmal war er sprachlos. Wenn der große Boss ihm, dem kleinen Angestellten, seine Tochter anbot, musste an der Sache was faul sein. War sie so hässlich, so blöd, so unausstehlich, konnte sie nicht kochen?

Nein, das war es nicht. Sie hatte eine Macke, von der sie nicht abzubringen war und an der alle bisherigen Versuche, sie zu verkuppeln, gescheitert waren. Er schlug vor, die beiden sollten sich verabreden, damit Friedrich sich ein eigenes Bild machen könne. Friedrich konnte sich alles und nichts vorstellen und bat um Bedenkzeit. Bis morgen, sagte er allen Ernstes, bis morgen.

Er musste schleunigst Ermittlungen über sie einholen. Noch nie war sie in der Firma aufgetaucht, keiner der Kollegen hatte sie je gesehen. Aber irgendwer musste über sie Bescheid wissen. Also fing er bei der langjährigen Sekretärin des Chefs an und holte sich die erste Abfuhr. Auch Gespräche mit Freunden und Verwandten brachten nichts zutage.

Dazwischen klingelte sein Handy und eine wohltemperierte Stimme meldete sich mit: Hallo! Hast du vielleicht ein Klavier mit grünen Tasten? Zuerst verschlug es ihm die Rede. Er wunderte sich mehr über den frischen Atem als über die absurde Frage. Nach dieser Schrecksekunde schoss er den Korken der Champagnerflasche ins Neujahrskonzert. Kannst du Klavier spielen? Er spürte ihr Lächeln bis in die Magengrube und eine Minute später waren sie verabredet. Grüne Tasten, strahlende Augen, und sonst alles an den richtigen Stellen.

Die Informationen aus erster Hand bewogen ihn, die Gehaltserhöhung anzunehmen. Red nicht so geschwollen, lachte sie. Papa hat zwei Ringe im Tresor. Sollten wir die nicht anprobieren?

Sie denken bestimmt, der spinnt sich aus. Aber so sind Märchen. Unglaublich, aber wahr und typisch Friedrich.

Richtig, der obligatorische Satz fehlt noch: „Und wenn sie nicht gestorben sind …"

Sind Sie neugierig? Da sitzt er. Regungslos, als wäre er wieder eingeschlafen. Wenn Friedrich ins Nachdenken versunken ist, wirkt er immer so.

Die Tür ist nur angelehnt. Einen Blick hineinwerfen, einen klitzekleinen, durch den Briefschlitz, den Spion, in die Zukunft schauen, in das Geheimnis der Kristallkugel. Eine Roma hat ihm ein langes Leben prophezeit, er habe sein Schicksal selbst in der Hand. Sie fuhr bedächtig mit rot lackierten Fingernägeln über die Falten und Linien seiner Handfläche. Las sein Schicksal, wie man Kindern aus einem Märchenbuch vorliest, wünschte ihm viel Glück und streckte ihm ihre flache Hand entgegen. Neugierig?

Ist Ihre Neugier erwacht? Was fällt dir ein, du Schelm. Gar nichts. Mir fällt nichts ein, gar nichts. Außer Unfug, vielleicht.

Er versucht einen Schritt über den Rand des Abgrunds hinaus, zehn Sekunden der Erdanziehung trotzen, die Augen mit den Händen bedecken, warten. Abwarten, was die Zukunft bringen wird.

Das sind doch keine Visionen, das hat keine Zukunft, das bringt nichts ein.

Das ist Ansichtssache, das kann man auslegen, wie man will, Gelehrte machen das mit der Bibel, den Evangelien, den Mantras, den Veden, der Thora, dem Koran schon immer.

Zurücktreten. So treten Sie doch zurück, der Zug fährt ein. Den Boden unter den Schuhsohlen, den festen Grund gegen die Angst getauscht. Zehn Schrecksekunden sind vorüber, vorbei. Glück gehabt. Gehabt? „Fürs Ghabte gibt da Jud nix."

Wer etwas zu verbergen hat, spricht nicht gerne von der Vergangenheit. Nicht von seiner, und überhaupt. Die dunklen Seiten des Lebens werden unter Verschluss gehalten, in Schuhkartons unauffindbar versteckt, eingemottet, versiegelt, unter Wasser gedrückt, bis ihnen der Atem ausgeht, gestrichen, vergessen. Es gab sie nie.

Einer Frau oder einem Mann, die getan haben, was ihnen der Verstand eingab, schneidern Missgunst und Neid eine Vergangenheit der Größe XXXL, viel zu groß, viel zu weit, viel zu lang für zierliche, wehrlose Geschöpfe. Wer in einem Dorf wohnt, in dem die sozialen Netze noch immer geknüpft sind wie in früheren Zeiten, wird rasch als Lesbe oder als Schwuler abgestempelt, weil es grade in einen Racheplan hineinpasst. Der Tratsch, der verbreitet wird, ist ein Todesurteil. Die Selbstherrlichen zertrampeln deine Zukunft. Schlechte Aussichten.

Schau durch das Guckloch. Die Tür vor der Nase zugeknallt. Das war nicht der Wind.

Ein Foto von dir ging von Hand zu Hand, wanderte zweimal durch die Gaststube. Deine Nasenlöcher schänden die Bierkrüge. Es regnet in deine Nase hinein. Du trägst sie stolz, zu hoch, meinten sie. Gegen Dummheit gibt es keine Mittel. Geh weg. Sie wollen dich nicht. Schnür dein Binkel, hau ab, verschwind. Hier ist kein Platz für dich.

Ein langes Leben hat sie Friedrich vorausgesagt. Geh weg, schnell. Verlass den Ort. Die Schrammen und Verletzungen deiner Seele heilen, Beleidigungen werden irgendwann vergessen sein. Du hinkst der Zeit nach. Man wirft Prügel nach dir, zwischen deine Füße, auf deinen Weg. Spring, Hürdenläufer. Beim Stammtisch hat man dich aus der Bank gedrückt.

Den kalten Gegenwind kannst du parieren, gegen die Mauer des Schweigens stemmst du dich vergebens. „Zukunft verbaut“ – Kannst du nicht lesen?

Ein anderer Ort, eine andere Stadt, ein fremdes Land bieten dir Schutz. Ohne Vorurteile, mit guter Aussicht, mit Zukunft. Nütze die Chance, du musst. Es bleibt dir nichts anderes übrig. Gezwungen oder freiwillig. Es fragt dich niemand danach. Richte deinen Blick aufs Panorama, schau dich um. Dreh deinen Kopf im Uhrzeigersinn und wieder zurück, damit du ihn so klar behältst, wie du es brauchst. Deine Zukunft kann überall sein, du musst sie nur finden.

War ich deshalb schon bei der Polizei, fragte er sich, habe ich eine Suchanzeige aufgegeben? Es ist schwierig, ja, beinahe unmöglich, eine Zukunft, die man nicht kennt, nicht kennen kann, zu beschreiben. Blondes Haar. Oder braunes? Scheitel, Locken, mit Brillantine geglättet. Einssiebzig groß, sportlich, gerade, lange Beine. Spiel lieber Karten. Nein, schreib ihr Karten. Postlagernd: Liebe Zukunft! Wo immer du dich herumtreibst, ich suche dich!

Friedrich rief in den Wald, Echo der Heimat, fragte die Fische, redete mit den Vögeln. Er hatte keine Ahnung von ihr, aber … sie wird sich finden. Es hat sich immer alles gefunden.

Ein Bubikopf, ein heller karierter Mantel, blitzende Koboldaugen, ein verächtlich zuckender Mund. Zeugt er von Nervosität? Sprich sie an, sie könnte deine Zukunft sein. Rede mit ihr. Mehr als eine Abfuhr hast du nicht zu befürchten.

Haben Sie eine Vorstellung, wie viel eine Fahrkarte zum Mittelpunkt der Erde, zum Nabel des Globus kostet? Da könnte ich genauso gut fragen, wie es sich mit der Reise zum Mond verhält. Da gibt es bereits einen Prospekt samt Preisliste? Na gut. Dann hat sich die Frage erledigt.

Zum Zentrum der Welt wollte er also, und nur Hinfahrt. Er wollte, und sei's nur einmal, im Brennpunkt stehen, im Fokus der Scheinwerfer, auf der Bühne des Lebens. Bretterbedeutend, vorhängeverbeugend. Denn die da unten hatten ihm die Wurzeln gekappt, hatten ihn verleumdet. Sein Kreuz wog schwer. Jetzt hatte er einen Namen, stand am Programm, Hauptrolle, Salto Mortale, die Gefühle überschlugen sich. Ein stilles Glas Wein hätte er jetzt vertragen können. Ihm war nicht nach Triumph. Er wollte bleiben, man trieb es zu bunt, man vertrieb ihn. Und deshalb lebte er jetzt in dieser Stadt.

Wo man ihn vorher nie gesehen, traute man ihm bald allerhand zu, bald kannte man ihn als bunten Hund. Weder bei Neumond noch unter der prallen Mittagssonne war seine Vergangenheit als eine dunkle auszumachen. (Ein tiefer Seufzer entringt sich: Zukunft! Ich bin angekommen.)

Sie wog sechsundfünfzig Kilo, hatte eine Wohnung, Küche, Bad, Bett, Humor. Sie roch wie der Frühsommer, wenn sich nach dem Bad im See die Sonne in die Haut einnistet, ein vertrauter Geruch, der ihn klein und glücklich machte.

Kaum wach geworden, fragte sie: Wie stellst du dir unsere Zukunft vor? Friedrich war hungrig, war eingelullt von ihrer Weiblichkeit, wollte wissen, wie ihr Kaffee duftet, ob sie ihm Weißbrot oder Hörnchen mit Marmelade servieren würde oder ihm Ei mit Speck anbieten wird. Ach. Es war ihm egal. Von ihm aus durfte sie eckig, rund, eiskalt oder brennheiß sein. So wie sie, hatte er sich seine Zukunft schon immer vorgestellt. Stell dir vor, du wärst so hungrig, wie es Friedrich in diesem Augenblick war. Kannst du dir das vorstellen? Hungrig nach Frühstück, nach Liebe, nach Zukunft mit ihr. Sie gab nicht zu, dass es ihr ähnlich ging, ihr Mund hätte nicht gekonnt. Auf langen Beinen schritt sie zur Tat. Messer, Schere, Löffel, Feuer, so ein Liebhaber kommt teuer. Aufgekratzt wie er war, begann er zu summen, zu singen. Besang die Zukunft, beglückte die Schöne vor der Mikrowelle, befeuchtete ihre Augen mit Tränenwasser. Oberon sprang wie ein junger Bock um die blumengeschmückte Elfe.

Und. Stachelt das nicht Ihre Neugier an?

Der Wind ist eingeschlafen, sein Glas nachgeschenkt. Kein Vogel wollte seinen Schlafplatz verlassen. Er war aufgewühlt, wollte oder konnte deshalb nicht schlafen. Ihr ging es genauso. Sie fröstelte, zog die leichte Wolldecke enger um ihre Schultern. Der Verkehrslärm hatte sich beruhigt. Diese Dauerberieselung bemerkt man erst, wenn sie aufgehört hat, wenn die danach einsetzende Ruhe darauf aufmerksam macht. Es war ein Tag, ich sollte besser ein Abend sagen, ein Abend wie jeder andere. Aber irgendetwas war heute anders. Bei den Nachbarn brannte Licht, ein Flugzeug klinkte sich in die Automatik der Einflugschneise, Venus strahlte wie ein ferner Diamant. Sie saßen wortlos nebeneinander. Die Szene wirkte nachgestellt, wie aus einem Film, eine Falle, die die Stimmung einfangen sollte. Eine Kampagne? Der Himmel stahl das Abendrot von einem Afrika-Plakat und färbte sich romantisch. Wir müssen miteinander reden. Darüber und über alles Mögliche. Jetzt weiter still dasitzen, sich anschweigen, weil keiner den Mut findet, zu beginnen, heißt die Chance, uns auszusprechen, zu verpassen. Nicht immer ist Schweigen Gold. Wenn wir den Mund nicht aufbringen, weil wir Angst vor der Meinung des anderen, vor der Wahrheit haben, sollten wir die Zukunft, wie die Altäre in der Karwoche, mit einem Tuch zuhängen. Wer dem Dialog ständig ausweicht, wird eines Abends allein auf der Terrasse sitzen und sich mit einer Flasche Schnaps unterhalten müssen. Zwei genügen, um eine Demokratie nachzustellen.

Wir werden also jetzt miteinander reden, über das Heute und über morgen, offen und ehrlich, wie es dieser Sternenhimmel verlangt.

Die Wortfetzen werden sich zusammengenäht auf meinem T-Shirt wiederfinden und von unserer Illusion erzählen.

Er findet es nicht richtig, wenn sie ohne anzuklopfen in sein Privatleben hineinplatzt, ihm Ratschläge erteilt, die er zwar anerkennt, aber niemals befolgen wird.

Ein Kauz rief, man hörte sie immer seltener. Früher hatte er Angst bekommen. Wenn der Kauz seinen schaurigen Ruf ausstößt, stirbt in der Umgebung ein Mensch, heißt es. Worüber sollten sie sich unterhalten, sie fanden den Ansatz nicht. Weit im Hinterkopf saß ihr Sparringpartner, das schlechte Gewissen. Im Geviert der Seile wartete es auf die Chance, eine Gerade in das Wespennest zu stechen, wartete, ob die Rechte bereit war, einen auszugeben, einen Doppelten, über jedem Auge ein Cut, in das man die Sonnenbrille wie Kontaktlinsen hineinschieben könnte.

Kontakt. Die stillen Nächte hatten sich rar gemacht. Zwischen den beiden Nichtrauchern drehte ein unbenutzter Aschenbecher neben den Seerosenblättern eine Trainingsrunde. Friedrich war nervös.

Sie lächelte, hob ihr Glas, um ihm zu zeigen, dass es leer war. Wenn du noch einen trinkst, genehmige ich mir auch noch einen. Woher kam das. Sie mochten sich, sie liebten sich. Und dennoch kamen sie über diese Routine-Unterhaltung nicht hinaus. Das lief wie eine Fernsehserie ab. Ihr Gespräch zog sich wie ein Strudlteig, raschelte wie Papierblumen, klebte wie Kunsthonig, bewegte sich einfach nicht. Was soll man tun, wenn man bemerkt, dass es nichts zu sagen gibt. Wenn die Zukunft sich davonstiehlt. Schnell, halt sie auf, fang sie ein, sag, dass das alles Unsinn ist und dass du sie liebst. Halt sie fest, ball die Hand zur Faust und öffne sie erst, wenn die Zigeunerin ein Zeichen gibt.

Ich geh jetzt, sagte sie, gute Nacht. Was, schon so spät, hab ich mit offenen Augen geträumt. Verblüfft stellte er fest, dass er in seiner Hand ein halbleeres Glas hielt, und stellte es hin. Geh nicht, es wäre schade drum. Das war alles, was ihm im Moment einfiel. Aber sie verließ ihn. Hoffentlich nicht für immer.

Der spießige, kleinbürgerliche Nationalsozialismus wurde nicht einfach über Nacht ausradiert. Viel zu tief saß sein grausames Spiel mit dem Tod in den Köpfen fest. Die Überheblichkeit der eingefleischten, auf ihren Vorteil bedachten Parteigenossen war noch lebendig und nur langsam legte sich die Angst. Die Angst vor den Folgen eines unbedacht ausgesprochenen Wortes, vor der öffentlichen Äußerung der eigenen Meinung war nicht so einfach abzuschütteln wie ein Hund seine Flöhe.

Was würde denn geschehen, wenn das tausendjährige Reich wie ein Phönix aufsteht und die Frevler zermalmt?

Vielleich liegt in einem Strohkorb neben einem Hitlerbild das völkische Gedankengut und ein paar Heilsparolen warten, als eiserne Reserve, zwischen der Unterwäsche. So mancher schlägt im Wirtshaus mit der Faust auf den Tisch. Wir hatten Arbeit. Ja. Aber für wie lange. Unter Gleichgesinnten schwingen sie Reden, offenbaren sie ihre Begeisterung, am nächsten Morgen schnürt ihnen die Angst die Schuhe, zögernd grüßen sich die Kameraden von gestern, das schlechte Gewissen schminkt ihre Gesichter mit leichter Röte.

Drei Wochen das gleiche Essen, drei Wochen das gleiche Wetter, täglich dieselben Personen. Der langweilige Umgang ist lähmend, höhlt ihn aus, Leere nimmt von ihm Besitz. Im Niemandsland, seit der Kindheit vertraute Hügel, Buschwerk und Wald (kontaminierte Landschaft sagt Martin Pollack), hört er den Fliegen zu, dem Wind, wie er auf der Grasharfe Pan nacheifert, achtet, wie die Sonnenstrahlen den Tau als Nebel aufsteigen lassen und die Häuserfronten im Morgenrot in Flammen stehn.

Ich bin ein ausgestopfter Mensch, denkt Friedrich, eine Kuriosität, die man wie einen präparierten Hund bestaunt. Ich bin nur noch Hülle, ich bin eine Wegwerfpuppe, mehr nicht. Ich könnte zur Schaustellung verliehen werden, als Jahrmarktsattraktion oder Ähnliches. Aber noch bin ich nicht hinüber, noch spüre ich, wie mein Blut durch die Adern pulsiert und leicht beschleunigt, wenn ein weibliches Wesen vorbeigeht.

Die Leere greift sich ein Buch heraus, noch eins, und ein drittes legt sich quer drüber. Er denkt an einen Bauchladen. Liege ich im falschen Bett, im Bibliobett? Die Kerze hinter ihm flackert im Luftzug. Sie werden kurzen Prozess machen und mich wie eine Ente abflämmen.

Grelle Scheinwerfer blenden ihn. Hörst du den Magen knurren. Die Leber schließt die Augen, der Darm reagiert gereizt. Das tut man den Innereien nicht an. Sie sind noch da, wo sie hingehören, aber sie vertragen keine Störungen. Die Blase entleert hinter den Büschen, die Zukunft und das Gehirn streben eilig nach. Seine Organe sind auf der Flucht. Ein Chaos aus Blutorangen liegt wie Rosenblätter im Blumenbeet. Die Stimmbänder schnüren alles zu einem Paket und er beeilt sich, seine Adresse draufzuschreiben. Vielleicht ist es schon da, wenn ich heimkomm.

Dann steht die Suppe auf dem Tisch. Mit wärmsten Empfehlungen. Ich küsse Dich. Deine Mutter.

Ihre Briefe waren schon immer mit bunten Marken frankiert.

Drei Wochen! Er ist froh, dass es regnet.

Als er etwa vier Jahre alt war, befasste er sich mit der Puppe seiner Schwester, einer „Neger-Puppe". Sie hatte Rassenprobleme. Er nahm sie in die Badewanne mit, schrubbte sie mit einer harten Bürste, um sie weiß zu kriegen. Aber sie wurde davon nur rot. Er warf sie in die Mülltonne, sie war vorbelastet.

Wenn ich verloren ginge, denkt Friedrich, ob man mich suchen würde? Wem ginge ich ab, wer würde mein Verschwinden zuerst bemerken? Der Hund, die Katze? Anna liebt Katzen. Aber auch sie kann ihm nicht erklären, wie es in einer Katze wirklich ausschaut. Schnurrli! Soll ich dir eine Schale mit Milch hinstellen? Mögen Sie Katzen? Als Mantel, als Innenfutter. Sie greifen sich so warm an. Trau Gott. Traugott hieß der Kürschner in der Bismarckstraße. Anna, sag wer hat deinen Pelzkragen geschneidert? Ah. Selfmade in Großbritannien. Du Katze, trau Gott nicht. Mit Speck fängt man Mäuse, mit Katzenfell Motten. Tam tam, Trambahn. Friedrich, du bist mir einer. Er verzieht sich in den Keller, seinen Weinkeller.

Eines Tages, sagen wir: ab einem bestimmten Alter, scheint uns die Vergangenheit wichtiger zu sein als die

Zukunft. Die Gegenwart liegt dann im Krankenhaus und die Erwartung erleidet eine Fehlgeburt. Wenn er so was hört, verschließt Friedrich die Ohren, putzt sich die Zähne mit Perlmutt und verzichtet freiwillig auf die Brille. Der Igel, der Hase und die Straßenbahn. Was für ein Blödsinn.

Die Sorgenfalten lassen sein Gesicht älter scheinen, als er ist. Der Prägestempel des Verfalls drückt ins Fleisch der Jahre. Die Maikäfer unterbrachen den geplanten Vier-Jahres-Zyklus, der Abflug wäre bei diesem Wetter zu gefährlich. Die Prognose der Propheten stimmt sie traurig. Wenn Friedrich nächste Woche nach Bologna fährt, will er mich als Chauffeur und Navigator anheuern. Zweimal werde ich zum Pinkeln auf einem Parkplatz anhalten dürfen. Würde das Glück schwer verletzt am Straßenrand liegen, würde er mir mit dem Entzug der Rotweinflasche drohen, falls ich den Fuß vom Gaspedal nehme. Nicht einmal Erste Hilfe dürfte ich leisten. Ein unverbesserlicher Optimist. Er googelt sein Schicksal, durchleuchtet den Kontostand und prüft, was auf dem Sperrmüll gelandet ist. (Ob er überhaupt weiß, was er sucht?) Friedrich kämpft für die Wahrheit, das behauptet er jedenfalls. Und er glaubt, was er sagt. Im tiefen Wald, im dunklen Tann, wartet auf ihn ein steiler Zahn. Er ist nicht zu retten. Er ist auf dem Weg zum Gedicht. Fangt ihn ab, bevor er Unheil anrichtet.

Unter Bettelbriefen und einer Flut von Werbeprospekten fand er einen grünen Briefumschlag, auf dem das Etikett „EILT“ klebte. Der Poststempel, noch deutlich lesbar, bezeugte, dass der Brief seit dem 29. September 1985 unterwegs war. Noch im Stiegenhaus riss er ihn auf – schließlich hatte es der Brief eilig – und las die Anrede: Lieber Freund! Es dauerte, bis er sich an den Absender erinnerte. Schließlich sind dreißig Jahre keine Lappalie.

Damals – wie heute – tratschten Menschen gerne. Im Büro, auf der Baustelle, im Beisl, auf der Straße. An lauen

Sommerabenden sah man sie in Grüppchen vor ihren Häusern, ihren Wohnungen stehn. Die Jungen versuchten, ihre Angebeteten zu einem Stelldichein zu überreden, Väter wurden zum Essen erwartet. Sie hatten es nicht eilig. Im Wirtshaus ging es hoch her. Die Neuigkeiten des Tages machten die Runde, man stritt lautstark, weil man eben anderer Meinung war, und bemerkte nicht, wie unbedeutend die Themen waren. Die Zeit verging; sie hätte sich so oder so aus dem Staub gemacht. Wenn sich die heftig Debattierenden beruhigt hatten, nahm man am Tresen, im Vorbeigehn, noch einen Kleinen. Vielleicht vibrierte unter der Oberfläche ein Rest von Nervosität, von Unsicherheit. War man zu weit gegangen, war man beleidigend gewesen, hatte man jetzt verloren oder gewonnen? Vielleicht beruhigte das sich ankündende Gefühl des Hungers die Gemüter. Und schließlich war morgen auch noch ein Tag. Man verzog sich in die eigenen vier Wände, wo wegen der unsinnig verplemperten Zeit verärgerte Eheweiber mit dem Nachtmahl gewartet hatten und es jetzt für den „Herrn" aufwärmen mussten.

Anna stellte die schweren Einkaufstaschen in der Küche ab. Er zeigte auf den Brief.

Das Jahr verteilt seine Herrlichkeiten, wie es ihm gefällt. Ist für dich was dabei? Dann such dir was aus. Das Leben braucht keine marktschreierischen Auftritte, es ist einfach da und wartet auf den Zugriff. Rote Rosen, rote Schuhe, rote Lippen. Es drängt sich nicht auf. Wer es finden will, muss danach suchen.

„Ich empöre mich, also bin ich empört." So verdreht er Descartes, spielt mit seinen Worten, spielt mit seinem Leben, bleibt ein verspieltes Kind, das seine Kindheit nicht verspielen will.

Der Sommer gastierte in der Stadt und am Abend, als Hausmauern und Straßen die Wärme des Tages reflektierten, führte er Anna zum Essen aus. Ein Freund hatte ihm dieses Restaurant empfohlen. Probieren wir's aus, hatte er gemeint. Am Gehsteig vor dem Eingang empfing sie ein Schanigarten. Wenn du willst, können wir heraußen Platz nehmen, aber bedenke, dass hier die Raucher einquartiert werden und in spätestens einer Stunde Vampire in Form von Stechmücken zum Angriff summen. Es war ihr Abend und sie hatte die Platzwahl gewonnen. Die Küche war von Gault Millau mit zwei Hauben ausgezeichnet. An den Wänden hingen zwischen Fotografien der Küchenbrigade Karikaturen von Politikern und bekannten Künstlern. Ein In-Lokal, frequentiert von Adabeis und Möchtegerns. Nicht unbedingt ihre Kragenweite, aber da die Qualität des Gebotenen ihren Ansprüchen entsprach, was nicht immer selbstverständlich war, sollte sie das nicht weiter stören. Der Wein war köstlich und sie redeten und sie redeten …

Der Redefluss, ein junger Bach mit seichtem Grund, der sich, unverständliches Zeugs murmelnd, zwischen ausgefransten Wiesenrändern dahinschlängelt, frech über Kiesel hüpft, über ein hölzernes Wehr springt, immer breiter werdend den Platz zwischen den Weiden und dem wuchernden Buschwerk für sich beansprucht. Wie ein tollwütiger Hund zwängt er sich durch die Engstirnigkeit einer Betoneinfassung und taucht wild brausend dahinter wieder auf, wird breite Mundart, verrät durch seinen Dialekt die Quelle seiner Herkunft.

Und oben, auf der Brücke, steht George Orwell. Sogar die Flüsse werden überwacht.

Wenn wissbegierige Schüler etwas in Erfahrung bringen wollen, können sie einen ganz schön ins Schwitzen bringen. Ein Komplex von Fragen lag vor ihm auf dem Pult. Er sortierte, legte zur Seite, warf weg, versah sie mit Namen und Nummern. Andere pflückte er blind heraus und überließ sie dem Zufall. Im Lethe Schwimmende brachten sich selber ins Vergessen. Lehrer wäre er bestimmt nie geworden.

Ein zäher Brei, eine eklige Masse kroch auf ihn zu. Die Hände vorm Gesicht dachte er: Du liebe Zeit! Aber sie war keine liebe und sie meinte es nicht besonders gut mit ihm. Und die liebe Not schon gar nicht. Denk nach. Und er dachte: So einfach ist die Welt nicht zu vernichten, selbst jetzt, wo das Feuer wieder an allen Ecken und Enden lodert, wehrt sie sich gegen den Untergang. Der Krieg ist mächtig und furchtbarer als der von Kubin gezeichnete.

Diese leeren Gesichter sah er, als der Weltkrieg 1945 zu Ende gegangen war, und es gab sie danach noch lange. Kummer, Sorgen, Ängste, Gleichgültigkeit? Nichts war darin zu lesen. Weder Freude noch Trauer, kein Lachen, kein Weinen, nichts. Dem Schicksal ergeben, trieben sie mit dem Wind. Wohin, schien ihnen egal zu sein.

Heute, als er durch die Innenstadt flanierte, begegneten ihm wieder einzelne und erinnerten ihn an die Vergangenheit. Versteckt hinter der Maske ihres Make-up wähnen sie sich in Sicherheit. Politik und Industrie haben nicht einmal den Versuch gestartet, den Krieg ein für alle Mal auszurotten. Und die Menschheit ist nicht bereit, aus den Fehlern der Vergangenheit zu lernen.

Ein Loch im Kopf, grade so groß, dass das Mondlicht hineinkriechen kann. Es wird hineinregnen, sein Hirn überfluten, die Sonne wird es ausdörren. Und dann wird er tot sein.

Friedrich erkennt die Zeichen, er sieht zu, wie er sich langsam auflöst. Als dann sein Feingefühl krepiert, das Echo, auf das der Blutkreislauf angewiesen ist, nicht antwortet, verschwindet alles, was ihn umgibt, und er findet sich allein in einer Welt, die sich über Jahrtausende in Katastrophen gesuhlt hat und sich im einundzwanzigsten

Jahrhundert mit Stöpseln in den Ohren im Himmelbett wälzt.

Das Hirn zuckt ekstatisch im Rhythmus der Musik. Aber lebt das Gewissen im Ungewissen und woher kommt dieser bestialische Gestank von Verwesung? Steckt dahinter eine Drohung? Friedrich hat immer eine Frage parat, nur diesmal schweigt er. Wie alle Feiglinge vor ihm.

Seit Stunden hockt er mit seinem Doktor-Freund im Beisl und sie teilen sich bereits die zweite Flasche. Du sollst nicht so viel saufen, ermahnt in der Freund, berausche dich lieber an der Kunst.

Friedrich ist kein sportlicher Typ, und er braucht nicht über seinen Schatten zu springen, wenn er durch die imaginäre Tür treten will, die zu den Bildern in seinem Kopf oder gleich in ein Museum führt.

Du holde Kunst! Jetzt lachen beide.

Alle zwei Jahre öffnet in irgendeiner Stadt eine Biennale ihre Pforten und durch ein Drehkreuz im Entree ergießt sich der Besucherstrom in die Tempel der Kunst. Vorbei an grauenvollen Imbissstuben, zu verschmutzten Toiletten, zum Informationskiosk, an dem junge hübsche Mädchen mit einstudiertem Lächeln Kunstzeitschriften verteilen. Friedrich übertreibt? Mag sein, dass er wie ein angesoffenes Stück Treibholz in diesem Strom schwimmt. Ich bin der mit dem Loch. Sehen Sie sich vor, ich habe einen gefinkelten Rechtsanwalt. Benützen Sie den gepflasterten Weg als Anlauf. Wenn Sie von hier ins Wasser springen wollen, landen Sie bauchfleckig im Sand. Eine Montafoner Kuh am Lido von Venedig. Ein prospektgeködertes Tourismus-Märchen am Angelhaken von Fischers Fritzens Zungenbrecher. Diese Sprüche sind Verräter. Geben Sie mir Ihre Eintrittskarte, Ihre Nerven überleben das nie. Denken Sie an das Loch im Kopf. Vergleichen Sie diesen Abend mit anderen. Einsam am Strand. Der Sonnenbrand begleitet Sie ins Hotel. Der Portier erkennt Sie nicht und verweigert die Herausgabe des Zimmerschlüssels. Er kennt Sie nur ohne diese Hautrötung. Sie dürfen ihm nicht böse sein, er ist fünfundsiebzig. Er hat vergessen, dass Augen im Mondlicht glänzen können, er denkt an sein Frühstück, an das Boccia-Spiel und ob ihn Ernesto auf ein Glas Prosecco einladen wird. Er starrt Friedrich verwirrt an, fragt nach der Zimmernummer und händigt ihm den Schlüssel aus. Es ist spät. In einer Stunde verschwindet die Erinnerung hinter dem Horizont. Den Sonnenaufgang wird er bestimmt verschlafen.

Über Logik spricht Friedrich nie, Logik besitzt er keine, zumindest findet er nichts, was er als solche bezeichnen würde. Also lassen wir das.

Es ist wohl eine Weile her, dass Friedrich seine Gedanken ordnen wollte. Das bis dahin dicht angewachsene Gestrüpp war nur schwer zu durchforsten. Mit einem einzigen Blick war es nicht mehr durchschaubar. Seine Freude hielt sich in Grenzen, denn Aufgaben wie Katalogisieren, Unterteilen, Einteilen, waren Arbeiten, die ihn anödeten, die er trostlos, aber trotzdem notwendig fand. Anna erledigte das mit links. Eine verschlüsselte Brunnenfigur spiegelte das klare Wasser wider, zählte alles, was an ihm wegstand, und behauptete, er sei einer von sieben Zwergen. Ein hin und her schaukelnder Kopf, abstehende Haarbüschel, Ohren wie Tragflächen, Beine wie ein Barockstuhl. Dieses klapprige Etwas musste vorsichtig mit Schraubzwingen festgeklemmt werden. Erst danach konnte er die angerosteten Gehirnwindungen mit einer Drahtbürste blank bürsten.

Ja, es war lange her! Er hätte früher drüber richten sollen. Diese Ideen waren die ganze Zeit unter anderem Gerümpel gelegen, waren inzwischen verstaubt, verdreckt, ja, unappetitlich geworden. Ihn ekelte, sie zu berühren, und er wunderte sich, mit welchem Elan sie plötzlich empordrängten.

Sein Kopf glich einem Bienenstock. Mit Hilfe von harten Drogen wie Kirschwasser, Aspirin, einer Dosis katholischer Flüche summte er sich frei, reckte seinen Arbeitswillen wie ein Sehrohr aus den Wellen des Unmuts und inspizierte noch einmal die Lage.

Die Landesschafmutter scherte dem Landesschafvater das Fell, die Landesfischmutter schrubbte dem Landesfischvater die Schuppen von den Augen, die Landesvogelmutter lernte dem Landesvögler ein lustiges Lied. Und die Perlmutter und die Essigmutter tanzten auf der Hochzeit.

Wär ich ein Vögelein, flög ich zu dir. Es fehlte ihm die Ambition, die Sangeslust. Er fliegt auch nicht, bleibt in seinem Nest hocken, sucht lieber eine Aufräumfrau, die Ordnung in diesen Saustall bringt. Ikarus flog weit übers Meer hinaus, bis die Sonne dieses unbekannte Flugobjekt als Mensch identifizierte. Dann, ohne Federlesen, ab die Post.

Wir können Flugmaschinen ins Ungewisse steuern und eine Bruchlandung liefern, dass sich die Landepiste überrollt. Hier spricht der Kapitän. Wir haben mitteleuropäische Zeit, aber keinen Treibstoff, ein Triebwerk brennt im Gegenlicht, wir haben starke Turbulenzen und nichts mehr zu trinken. Friedrich hat keine Weihnachtskarten geschrieben und auch sonst. Der schriftliche Auftrag, ein Klavier in den Salon zu stellen, wurde zugestellt.

Bitte stellen Sie ein Klavier mit grünen Tasten am, um, also pünktlich, in die Kantine. Getrocknete Notenblätter für Herrn Schubert. In einem Bächlein helle, die Quintessenz der Quintette, fortgeschwemmt vom rauschenden Bach, Fischfutter für launische Forellen. Es ist schier unglaublich, was da alles zum Vorschein kommt.

Mit aufgeregt lauter Stimme rief er nach Anna. Er wusste, dass sie sich nur schwer von ihrer Arbeit trennen konnte, aber wenn er seine Geschichte nicht sofort erzählt hätte, wäre er in tausend Trümmer zersprungen. Bevor die Wohnung auf diese Weise verschmutzt worden wäre, setzte sie sich lieber auf den bereitgestellten Sessel. Fasse dich kurz, sonst brennt mir am Ende was an.

Sein Elan drängte, ließ ihn wie eine Gebirgsquelle sprudeln, machte ihn jünger. Erinnere dich, ich war neulich in diesem Seminar über Gott und die Welt. Na, du verstehst mich schon. Der Vortrag dauerte über vier Stunden und bestand, so schien es jedenfalls mir, überwiegend aus Fachausdrücken, mit denen ich nichts anfangen konnte. Jedoch die Art und Weise, wie der Professor seine Thesen vortrug, entfachte in mir Neugier, und die Begeisterung kühlte sich in den darauf folgenden Tagen nicht ab. Deshalb habe ich nach Beweisen gesucht, die mir, dem Laien, erklären könnten, was ich von der Idee zu halten habe, ein Gott, wenn du willst, nenn ich ihn den Schöpfer, habe sich bei der Erschaffung des Universums ausgetobt. Wie du weißt, bin ich weder Theist noch Atheist, ich fühle mich dazwischen ganz wohl, was nicht heißt, dass ich mich an der Debatte über das dritte Geschlecht beteiligen werde. Ob der Glaube an Gott, wie wir in Europa ihn kennen, einem Placebo-Effekt gleicht, ist unwichtig, solange er Menschen im Leben und im Sterben beisteht.

Ich habe mir mehrere wissenschaftliche Arbeiten besorgt, aber erst unter Zuhilfenahme eines speziellen Handbuches verstanden.

Nach den Berechnungen von Friedrich Gödel existiert ein Wesen, das alle positiven Eigenschaften in sich vereint. Es gibt ihn also, diesen Namenlosen, und er war das Zentrum, um das sich alles drehte, bis eines Jahrtausends ein tragischer Unfall zum Urknall führte und alles ins Chaos stieß. Er, der noch keinen Namen hatte, wurde von dieser Explosion geweckt und hatte alle Hände voll zu tun, um zu retten, was noch zu retten war. Nur ein Sekundenschlaf und das Schiff hatte den vorgesehenen Kurs verlassen und drohte, an den Klippen der Allesbesserwissenden zu zerschellen. Glühend vor Zorn spalteten sich die Atome, molekühlten sich auf dem nicht freiwillig eingeschlagenen Weg der Versöhnung nie mehr ganz ab, blieben sich Feuer und Eis. Planetoiden und Asteroiden stiebten planlos auseinander, stießen sich an und stießen sich ab, wie die Kugel in einem Flipper. Licht an Licht, kosmischer Staub, schossen sie mit ungeahnter Geschwindigkeit hinaus in die Finsternis des Universums und wurden dunkle und helle Materie, dunkle und helle Schokolade. Es gab nichts, das den Urschlamm in seiner rasanten Ausbreitung gehindert hätte. Im letzten Moment erkannte der noch Namenlose, was ihm da zwischen den Fingern zu entwischen drohte, ballte die Hände zu Fäusten und es gelang ihm, die im Entstehen begriffenen Galaxien nach seiner Willkür zu lenken. Ein Vorhaben, von dem er zu diesem Zeitpunkt nicht wissen konnte, dass es niemals, auch nicht in einer Ewigkeit, abgeschlossen sein würde. Er wurde selber zu Materie und als solche zum Spielzeug der Wissenschaft. Aber Materie ist kein Spiel. Er liebte das Risiko, seinem Spieltrieb verdanken wir unser Sonnensystem und unseren Lebensraum. Mit kindlichem Eifer fischte er einen vorbeihuschenden Geoiden aus seiner Laufbahn und knallte ihn der Milchstraße vor die Sternenaugen. Erde, bleib auf dem Boden. Diese, seine Welt war eine nackte Tatsache, die er, trotz der herrschenden Zeitnot, zu einem Edelstein formen wollte. Er schüttete Hügel und Berge auf, befüllte Meere, beseelte die Fauna, befahl dem Regen, die Flora zu gießen. Dann zog er aus irgendeiner Westentasche zwei nach seiner Vorlage geschnitzte Figuren heraus und beauftragte sie mit der Verwaltung. Eine gefühlte Woche wandte er dafür auf. Man kann nicht behaupten, dass er schlampig gearbeitet hat. Nein! Im Großen und Ganzen finden wir das Ergebnis großartig. Dennoch ist nicht zu übersehen, dass diesem Diamant der letzte Schliff fehlt.

War ihm in Wirklichkeit die Welt gar nicht so wichtig? Wenn man bedenkt, wie unbedeutend sie in der Gesamtheit des Universums ist, das sich da draußen in der Unendlichkeit des Alls und darüber hinaus ausdehnt.

Aber damit lässt sich das Defizit dieser Welt, das Böse in ihr, die Machtgier der Menschen und die Unmenschlichkeit der immer und immer wieder aufflammenden Kriege nicht erklären.

Der Urknall ist der Startschuss der Zeit, sagen wir. Doch die Wissenschaft versucht noch ein Stück zurück zu blättern, und eines Tages wird ihr das auch gelingen. Sie hat ja die Zeit auf ihrer Seite.

So weit, so gut. Warte, ich bin noch nicht fertig.

Der französische Philosoph René Descartes forderte in seinen Schriften dazu auf, nicht länger an das zu glauben, was andere als Wahrheit lehrten, vielmehr sollte man das eigene Denken als Ausgangspunkt nehmen.

Doch ist Denken verlässlich? Das Gedächtnis ist es nicht.

1641 prägte Descartes den Satz: „Ich denke, also bin ich.“ Der Frage nach einem Schöpferwesen wich er mit der mathematischen Formel: Geist + Materie = Gott? aus. Mit dem ontologischen Argument: „Die Tatsache, dass es möglich ist, sich ein Höheres Wesen vorzustellen, beweist dessen Existenz“, ließ er sich außerdem einen Fluchtweg offen.

Der Baum der Erkenntnis öffnete den biblischen Menschen den Verstand und sie lernten lesen und schreiben. Sie meißelten den Namen „Gott“ in Steine, schrieben ihn auf Papyrus und Pergament, jeder nach seinem Können und in seiner Sprache. Alle meinten den Selben, was nicht immer das Gleiche bedeutet.

Niemand wusste, wie dieser Gott aussah. Aber Kunstschaffende brauchen eine Vorstellung, wie ihr Produkt ausschauen soll. Und davon leite ich ab, dass auch Gott eine Vision von seiner Welt gehabt hat. Der Mensch konnte deshalb nichts anderes sein, als sein Ebenbild. Der Islam verbot die Darstellung Allahs. Unsere großen Meister wiederum schufen Werke, in denen Gott meist als älterer Herr auftritt.

Religionen wird es wohl immer geben, denn scheinbar brauchen Menschen den Glauben an die Materie.

Das war ja ein richtiger Vortrag. Lachend erhob sie sich. Wenn du das publizierst, wird dich morgen kein Mensch mehr kennen. Danke, das hab ich auch nicht vor.

Friedrich genießt es, andere Menschen an der Nase herumzuführen. Ich wurde nicht wie Sie geboren, legt er oft los, ich habe mich erfunden. Ohne mich gäbe es mich nicht. Hätte ich eine Formel zur Messung des Urknalls oder einen Gedankenspringer erfinden sollen? Nein. Das kann ich nicht, ich bin nicht Einstein. Einen am Wegrand liegenden Gegenstand finden und dieses Fundstück später als eigene Erfindung anzupreisen, lehne ich ab. Aber sich selber zu erfinden, da steckt schon etwas mehr dahinter, das muss erst einmal einer nachmachen. Darum lade ich euch ein, wie man Leute zum Essen einlädt, und tische euch Lügen auf. Faustdicke. In goldenen Schüsseln, auf silbernen Tellern serviert, mit emailliertem Besteck zu essen. Schneidet zuerst die Endsilben ab und erst danach die Finger.

Er ist Erfinder. Mutter erzählte das jedem: Er findet sich gut, weil er sich selber erfunden hat. Wenn er dabeisaß und zuhörte, blickte er sie tadelnd an. Mutter! Mutter konnte nicht seine Mutter sein, er entstammte nicht ihrem

Schoß. Ich bin kein Muttersöhnchen, ich bin meine Erfindung. Seine Umgebung hat sich an Friedrichs Sprüche gewöhnt, aber Fremden sind sie nicht geheuer. Die meisten fürchten, einem Witz aufzusitzen, hereingelegt zu werden. Es ist auch so. Hätte er Luftschlösser, Brandstifter oder Hausmeister erfinden sollen? Nein. So was überlässt man den Einsteinen. Sich selber erfunden zu haben, können nur ganz wenige, von sich Eingenommene, von sich voreingenommene Lügner behaupten.

Ich lade euch ein, kommt zum Essen. Ich tische euch faustdicke Lügen auf, dass die Tischbeine unter dieser Last stöhnen und sich biegen. In goldenen Schüsseln, auf silbernen Tellern. Es ist immens wichtig, dass Lügen exquisit präsentiert werden, denn dann glaubt man sie eher. Glanz blendet eben. Schneiden Sie zuerst eine Hälfte weg. Und jetzt? Haben Sie die Lüge gefunden oder stecken Lüge und Wahrheit im letzten Winkel, unter einer Decke? Zirkeln Sie in der Mitte durch, um wenigstens dem Kern näher zu kommen. Ein Körnchen Wahrheit hängt jedem Gerücht an. Warum also soll es bei einem Gericht nicht ebenso sein. Ich habe mich erfunden, wie man Geschichten erfindet, die später als gesammelte Werke erzählt werden. Sie müssen gar nicht gelogen, sie müssen nur gut erfunden sein. Den guten Kern in mir haben nur wenige Menschen entdeckt. Vielleicht sieht man ihn nicht. Folglich bin ich die Phantasie meines Phantasierens und deshalb ein Phantast. Man kann mir glauben oder nicht, man darf mich mögen oder nicht, man kann mich.

Hätte er sich anders erfinden können? Schon möglich. Aber niemals so komplett, mit allen Krankheiten, samt Liebeskummer und Geldnöten.

Ich finde mich gut, sagt er, aber nicht besser. Ich lasse mich patentieren, aber nicht klonen. Ich bin ein patenter Kerl, ein ausgewalzter, ein über den Tisch gezogener Teig, im Strudel meines Erfindergeistes aphrodisiert, ein bierschaumgeborener Speckverzehrer.

Ich frage mich, welcher Teufel ihn ritt, was ihn dazu bewegte, den Rauchfangkehrer zu beauftragen, ihn zu bekehren. Der ist nun mal kein Kirchenmann. Der rußige Mann stieg aufs Dach, stieg auf das Dach von Friedrichs Haus, blickte von dort über den Gartenzaun auf die Rosenbeete, zählte die vorbeifahrenden Autos. Und als dann endlich die Feuerwehr eintraf, begann er zu predigen, sprach mit der Luft, den Vögeln und den Regenwürmern, bellte wie ein Hund. Schließlich gefiel ihm die modische Zwangsjacke und er verzog sich in sein neues Idyll.

Natürlich war es nicht unbedingt notwendig, mich zu erfinden, beteuert Friedrich seinen Zuhörern, aber als Angsthase, der ich nun einmal war, fürchtete ich die Geburt, die Wehen, die Hebamme, das Licht der Welt. Das sind doch gute Gründe.

Seit fünf Jahren müht er sich ab, seine Erfindung, also sich, patentieren zu lassen. Jedes der dafür zuständigen Gerichte hat er abgeklappert, alle Instanzen beeinsprucht und wider die guten Sitten gestritten. Man will nicht, man kann nicht, sie können ihn nicht verstehen und verweigern ihm das Recht auf Urheberschaft. „Urheber" könnten, in diesem Fall, nur Eltern sein.

Gottes Mühlen mahlen langsam. Es bleibt ihm nichts anderes übrig, als das Patentamt, die Gerichte, samt ihrem Papierkrieg, neu zu erfinden.

Aber jetzt nehmen Sie erst einmal Platz. Es gibt keine Sitzordnung. Kosten Sie mit wässrigem Mund, was ich so dick aufgetragen habe. So köstliche Lügengeschichten gibt es nicht immer. Vergessen Sie Ihre vornehme Zurückhaltung, greifen Sie nach dem schmackhaften Unwahren, der feisten Verleumdung, dem Rufmord. Wer sich einmal den Geschmack der Lüge auf der Zunge zergehen ließ, erkennt ihn beim nächsten Mal sofort.

Und deshalb wiederhole ich, und es ist mir egal, ob Sie es glauben wollen oder nicht: Wenn es mich nicht gäbe, ich hätt mich ganz bestimmt erfunden.

Anna beobachtet sein Tun. Er holt eine Flasche Champagner aus dem Kühlschrank, nimmt zwei Gläser aus der Vitrine und stellt alles auf den Tisch. Du auch, fragt er scheinheilig. Er weiß genau, dass sie ja sagen wird. Natürlich, du Geizhals! Die aufsteigenden Bläschen, ein Tête-à-Tête, ein kleines Essen auf der Terrasse, mit Kerzenlicht und Mückenspray, einer Brise Sentimentalität und einem wärmenden Tuch um die Schultern.

Nur noch eine Frage. Aus seinem Mund klingt das wie eine Bitte. Ach ja? Gibt es noch Rätsel, ich bin die aus Delphi. Ganz sanft hebt er an, als wolle er Abschied nehmen.

Still, sagt er, ich spüre es, mein Heimweh hat sich aufgemacht. Es hat blaue Socken. Aber wie soll das ein stiller Tag werden, wenn in aller Herrgottsfrüh die Vögel mit ihrem Gezwitscher und Gezeter deinen Schlaf stören? Ist es wirklich still, wenn die Sonne scheint und die Fliegen summen? Ist es ruhig, wenn der Mond sein helles Licht gegen Hauswände lehnt und der Wind die Schatten auf und ab hüpfen lässt? Sind das die stillen Tage, wenn ich auf nichts wartend stumm herumsitze, wenn mich niemand anstößt und zur Arbeit drängt? Wenn ich träumend meinen Gedanken nachhänge, mich so still verhalte, dass man mich gar nicht bemerkt? Mit einer einzigen Handbewegung wischt er die „Stille Nacht“ beiseite, weil er um einen stillen Tag feilscht? Nein.

Wenn die Nerven zu flattern beginnen, deine Seele die Aura einer Reizblase annimmt, dann hörst du keinem Vogel zu. Ihr Morgenlied können sie sich für morgen aufheben, fürs Morgenland und nicht für mich. Ich brauche dringend Erholung, denn diese Ruhe bringt mich ins Irrenhaus. Ich kann nicht einmal „Ruhe“ schreien, sie ist es ja, die mich beunruhigt.

Die Stadt mit ihren ausverkauften Hupkonzerten, mit ihrem Theater auf allen Plätzen, ihrem neonbeleuchteten Schilderwald und diesem babylonischen Stimmengewirr, erlöst sie den Neurotiker?

Stille Tage im Prater, stille Tage an der Donau. Wo junge Mütter auf Bänken sitzend ihre Babys stillen, wo man Hunden „brings Apporti“ zuruft, wo sich hinter dir das Keuchen eines Joggers nähert, um sich gleich wieder zwischen blühenden Büschen zu verlieren.

Er kann sich nicht konzentrieren. Er hat diesmal den Umschlag als Lesezeichen zwischen die Seiten geschoben und das Buch zu Seite gelegt. Jetzt tobt der Straßenverkehr an sein Ohr, jetzt hört er das Glockengeläut, das Flugzeug über der Stadt und die aufgescheuchten Krähen über den Baumwipfeln. Jetzt ist er beruhigt. Jetzt ist sein Heimweh still geworden.

Annas Augen glänzen verdächtig feucht. Sie legt ihm die Hand auf die Schulter und nickt. Das war also deine letzte Frage! Es würde sie nicht wundern, wenn er morgen noch eine überletzte dranhängt.

Verwendete Literatur:

Albert Camus: Der Fremde. Paris 1942.

René Descartes: Zitat „Ich denke, also bin ich“. Frankreich 1641.

Ursula Krechel: Landgericht. Salzburg 2012 (Deutscher Buchpreis 2012).

Sibylle Lewitscharoff: Vom Guten, Wahren und Schönen (Frankfurter und Züricher Poetik-Vorlesungen). Berlin 2012.

Niklas Luhmann: Einführung in die Systemtheorie. Heidelberg 2002.

Thomas Müller: Einführung in die kriminalpsychologische Tatortanalyse, Teil 1. Wien 2006.

Christoph Ransmayr: Der fliegende Berg. Frankfurt am Main 2006.

Barbara Staudinger: Geschichte der Juden in Österreich. Wien 2006.

John Edward Williams: Stoner. New York 1965.

Und einige bis zur Unkenntlichkeit verstümmelte Zitate.

GRIMOALD KARRER
wurde am 24.1.1942 im Markt St. Florian geboren.
Die Familientradition verlangte den Rufnamen Grimoald.
Seit 40 Jahren schreibt er Gedichte und Kurzgeschichten.

Das Theater ist Karrers große Leidenschaft und deshalb lebt er seit 20 Jahren in Wien. Sein Geburtsort liegt ihm aber nach wie vor besonders am Herzen und so zieht es ihn immer wieder dorthin zurück.

Bisher im Verlag Bibliothek der Provinz erschienen:
»St. Florian. Mittelpunkt der Welt« *Erzählungen*

Verlag Bibliothek der Provinz

Literatur, Kunst und Musikalien